U0127742

08艺术专辑

04 / 08
PINYI
CULTURE
DEVEI
OPMENT

江 西 美 术 出 版 社

图书在版编目（CIP）数据

品逸.8/李文亮编.—南昌：江西美术出版社，2008.9
ISBN 978-7-80749-594-9

I.品… II.李… III.①美术批评-中国-文集②中国画-美术批评-中国-
文集 IV.J052-53 J212.05-63

中国版本图书馆CIP数据核字（2008）第152384号

策　　划　吴向东
主　　编　李文亮
执行主编　郑相君
副 主 编　周振宇
学术顾问　吴悦石　田黎明　刘进安
学术编委　边平山　汪为新　傅廷煦
　　　　　孔戈野　雷子人　刘　墨
责任编辑　王大军　陈　东
装帧设计　品逸工作室
特约编辑　郑小明　许晓丹

品逸 [8]

出版发行　江西美术出版社
地　　址　南昌市子安路66号
网　　址　http://www.jxfinearts.com
邮　　编　330025
监　　制　品逸文化
合作媒体　雅昌艺术网
经　　销　新华书店
印　　刷　北京翔利印刷有限公司
开　　本　787mm×1092mm/16
印　　张　8
字　　数　150千字
版　　次　2008年9月 第一版
印　　次　2008年9月 第一次印刷
书　　号　ISBN 978-7-80749-594-9
印　　数　1-8000册
定　　价　38元

PINYICULTER

[目 录] contents

品寶笈精萃　掇盛

世遺珍藉古以

鑑今溯源而開新

PIN BAO JI JING CUI DUO SHENG

SHI YI ZHEN JIE GU YI JIAN JIN SU

YUAN ER KAI XING

品逸文化

PIN YI WEN HUA

中国画二题

Yi tan zhi zhi
pinyi culture

文 / 梅墨生

中国画的文化魅力

从表面上看中国画很繁荣，但我认为问题还很多。创造了中国绘画这一审美世界的中国人，疏离了自己的绘画传统，疏离了这个伟大的美学体系，疏离了中国文化的脉络和核心的精神。但是有许许多多作品，以种种的名目、场合和机会在展现、获奖，甚至不负责地吹捧。这是让人担忧的事情。以至于在高等院校的教师、学生、博士生、知名理论家对中国画的看法、价值的评价已经完全失去了一个标准。不知道什么样的中国画是好的、是高级的、是值得推崇和追求的，在艺术院校教的人还糊涂，学的人更糊涂，以己昏昏，使人昭昭，这绝不是危言耸听。

中国画是中华民族的先民数千年来创造的一个精神产品，它自成体系，独有一个美好的世界，韵味、魅力是非常独特的。

我的态度，是包容的。

我从不认为某一种、某个人、某一家、某一个类型的中国画是最好的中国画，世界上没有这么一个标准。不能认为自己的文化观念、理念、审美观点、美学好恶是最好的、最对的，除我之外，不足论。这样的人对艺术本身的理解是狭隘的、偏激的、不足取的。但是反过来说，艺术绝对是个人心灵之事，是人类心灵之事，一定有偏好，也会有共好。自古以来，美学的心理活动是个识与共识的交织。纷争也是世界的常态，如果不这样就是世界的变态。你喜欢张大千，他喜欢齐白石，这很正常，这才是世界。

中国画的魅力在什么地方？中国传统文化精神最有价值的、与西方文化能抗衡、并论的东西是什么？我认为就是中国人对于文化理念的那种趣味。就是孔子说的，君子"仁者乐山、智者乐水"的情怀，是孟子"我善养我浩然之气"。这一点，孔孟略有不同，孔子的态度更合乎艺术的本义，孟子强调的是一种道德、精神、人的意志、人间共有的大境界。老子说"无为而无不为"，清静是天下最大的本源，以清虚无为为高，以阴柔为上德，上善若水。庄子提出"独与天地精神往来"，那是一种上穷碧落下黄泉，是一个神仙的世界，是"藐姑射之山，有神人居焉，肌肤若冰雪、绰约如处子"的世界。这个世界就是精神世界。晚一点的儒家提出，君子、士要有对天下的责任意识，后来强调"士可杀不可辱"，"威武不能屈、富贵不能淫、贫贱不能移"。所有这些东西，是中国文化在这个世界上最有价值的理念、最有价值的精神的创造。中国人自古以来就善于玩意志，颜回"一箪食，一瓢饮，居陋巷，人不堪其忧，而回不改其乐"。中国文化的核心精神，除了大，还有一个依附于道德的，"明劝戒、著升沉"，要说教，寓教于乐，应该把说教通过艺术的表达方式传达出来。还有一面，中国人玩精神。所以中国文化最核心、最高级、最精彩的东西，就是心理世界，也可以说精神世界，是超越于肉欲，超越于物质，超越于有形，而变成日用、变成日常，变成日常化、起居化，常言道"察其言，观其行"。中国人关于人生、生命的最大贡献就是超越物质，超越有形世界，进而超越现世的纷扰和庸俗、功利，他们推崇的是一个什么样的世界呢？清静空灵，安谧沉静，朴素自然，他们推崇这样一个纯净的境界。

由这个东西衍生的所谓文人画，于是被标为最高艺术品。为什么，因为它超脱。我所推崇、研究和学习的，是传统的中国画。我们都不是圣人，都不完美，都有声色犬马之好、功名利禄之扰，都活在现实中。但是如果人类的文化艺术、精神产品不能够提升人，不能够鼓励你向上走，那一定是无聊的艺术。而传统的中国画把高雅标榜为高境界。但是到现在，高雅两字都被颠

明·董其昌 山水

覆了。今天，在商品大潮和国际化风潮的背景之下，中国人开始心旌摇荡，于是开始没有自己的定力了，于是开始质疑自己祖宗的优良的文化的东西，颠覆所有的东西。前不久，有人要取消中医，说取消中医的不是外国人，而是中国人，真是不可思议。

中国文化的最高精神就是不被有形世界所牵引，不被物质世界和人的本能、肉欲所制约，这是中国文化的最大贡献和最高追求，超越现实，超越物质，超越繁冗的尘世。于是中国人讲"平常心即道"，讲安贫乐道，讲从容中道，讲飘然物表、超然物外。中国人在文化艺术领域，所要

近现代 齐白石 花鸟册页(之一)

追求的东西是一种在道德世界安贫乐道，与自然和谐共处，天人合一的一个境界。

有时我经常想，我怎样生活最安定、最踏实，我发现没有人给我一个最踏实的感觉。也没有人告诉我什么样最踏实，哪个地方最踏实。我觉得只有艺术能给我片刻的安宁，而只有宗教给我本质上的安宁，只有宗教和哲学能够安顿我的灵魂。而艺术可以寄托我的灵魂。这就是我爱好中国艺术文化三四十年来最大的收获。

弘一法师李叔同繁华而后，最终他做了一个纯粹的宗教家，颇为值得关注生命的人三思。说一句真真实实的心里话，大家追求的艺术，它既大又小，有的人孜孜以求的、追逐的艺术的名利场，在我看来，它无关生命的宏旨，它不关生命的性命之学，它不解决生命的归宿问题。但是，既然你爱好了艺术，就把艺术的指针指向最高拔的、最超越的那个世界、境界，那你就很幸福了。

看西方一些艺术大师的日记和我们古代大师们的画论，他们都在说的是生命。其实大家追逐的是生命的发现的快悦。入不入中国美协、进不进画院、评不评职称，在我看来，那是多么枝末的事情。在座的如果你真的在追求中国绘画这门传统艺术，那就应该让人在看你的艺术，欣赏你的作品的时候，感受到一种生命和文化的最高的境界。这种境界一点附带的东西都没有，那个时候最高兴。当我欣赏中国古代和西方一些艺术大师的精品的时候，我真的快乐久久，心波荡漾。当我在巴黎的奥赛美术馆欣赏印象派大师的作品的时候，真的是享受；当我意外地在韩国首尔见到莫奈的展览的时候，真是喜出望外，因为我能在他的艺术里感到一种美的愉悦。

冷眼看当代的中国画坛，我认为有些名家，所谓的画家，应该去上基础的美学课，最基本的审美的东西还不够，还没有，更应该补中国文化的课。林风眠的画，一般人认为不传统，但我看来，他画的风景极为传统。在他的风景世界里，让我感觉到他是多么地超越现实，他的心灵世界，他的生命的感触，是那么深沉，又那么超脱，又那么悠远，他没有在绘画语言上，去利用传统的符号，但他绘画的品格具有传统的意义和气息。林风眠的风景里远处永远有那一抹挥之不去的远山，那个远山永远像一个剪影，可望而不可及，这就是林风眠审美的世界。林风眠站得高，是因为他是个真诚的艺术家。

再说关于修行。

中国文化给我们最大的、价值最独到的东西就是关于修行。生命要修行、要修为。齐白石的一生，是修为的一生。修为成就了一个大家、巨匠，没有修为，就没有他的艺术。中国艺术讲人艺俱老。有学者说，印度的文化是老年的，西方的文化是青年的，那我就想说，中国的文化是一个返老还童的文化。中国人在中医，在养生学，在道家，在修行领域，最高的境界是返还之术，先有老成，然后再返回朴素和单纯和童贞。寿星老就是中国文化最高的象征，他很老，然而他很年轻，他是老而不老。齐白石，黄宾虹，朱屺瞻、吴昌硕，他们都合乎这个道理，返璞还真，越积累越苍老，越成熟越饱满，但最后复归于朴素，复归于单纯。所谓返还，是中国文化的必经之路，能返还，也就是最高境界。我们可以看看林风眠、关良、赖少其的画。

陈子庄的一些小品，是返还；董其昌的绘画作品最高的东西就在于空灵。董其昌是个艺术家，他的文化的修为，他的学养，他与天地自然之间修为的关系，达到了和谐、从容、合一的状态。齐白石有一方印印文是"心与身为仇"，这是最接近宗教家的语言。

还现江山 黄宾虹 山水轴(局部)

中国人的这种文化的理念、生命的态度，表达了这样的东西就是高级的，就是高雅的，如果不表达这种东西，我认为他至少对中国文化的理解相距较远的。西方的德加专门画舞女，下层的舞女，然而他的画很高雅。艺术品，画什么与如何画是两个问题，两个角度。再往下一个问题，你画的东西里面要寄托什么？在你的作品里最终要传达一种什么样的意韵、精神、思想、情调、气息、审美的味道，一个综合的文化的气息，你要给人们一个什么东西？看了你的画，是让人沮丧，让人沉沦，让人安于享乐，让人更加自私，让人更加残暴，还是让人平衡、宁静、平和，让人更加宽容，更加博爱，更加怜爱这个世界，这就不同了。

齐白石的绘画给我们传达的是和平二字，表达的是和平、平和的爱心。任何20世纪的花鸟画家都没有能够做到他这一点，原因在于都不像他的心理世界那么宽博，那么仁厚，那么富于爱心。齐白石画两只小鸡争夺一条蚯蚓，题为"他日相呼"，多么耐人寻味；画一个鹦鹉，他说"八哥解语偏饶舌，鹦鹉能言多是非"，他是在画一个人，画一个生命的境界，他是以我之心及人，它超越了画的本身，寄寓了一种美好的意蕴。

在凡高画的乌鸦里，能够感觉到一个孤寂生命的忧伤。凡高是从宗教界的人士然后变成了艺术家。李叔同是从一个文化和艺术的人士最后变成了一个宗教家。我相信李叔同是带着安详和解脱的微笑离开肉欲横流、红尘万丈的世界的，然而凡高是带着无比的痛苦、困惑和凄凉离开这个世界的。

关于中国画美学的魅力，我们可以举出意境、气象、气韵、气息、品格、笔墨、形象、色彩、色韵等等很多个角度来阐述。

说意蕴

中国画强调"意"，中国文化本质就是写意。比如说音乐，如果搞了中国的古琴，觉得那个味道太足了，如果再去学钢琴、拉手风琴，不行了，觉得没意思，但是先学钢琴，回来再学古琴，越学越有味道。比如说中国的诗词，五绝就四句20个字，让人觉得意韵无穷。古人那句"不知今夕何夕"，我经常有同感。在历史遗迹、名山大川前面，经常会想到陈子昂那首诗"念天地之悠悠，独怆然而涕下"。有一次在北京西山卧佛寺，忽然悲从中来，悲悯自己，悲悯同类，悲悯人类，忽然泪如雨下。后来，参佛学，我才知道这叫同体大悲。佛教的佛理、学理直指生命的最深处。假如想使你的艺术深刻、沉重，有深度，那你一定要直指哲学、宗教所思考的问题。高更那幅名作《我们从哪里来，我们是谁，我们到哪里去》，叔本华的名著《生存空虚说》，想的是永恒的哲学问题。

李可染先生生前曾亲自跟我说，一个艺术家如果没有哲学家的头脑和思想，永远做不了大艺术家，你可以不谈哲学的问题，但是你必须想哲学的问题。齐白石是用诗意表示对哲学的思考，为万花写照，为百鸟传神，赋予了它们一种生命的意蕴。花鸟也是鲜活的。

中国文化核心的审美的特质，就是鲜活。什么是道，宋朝的大儒程颢回答，"阶前春草绿"，春草萌生的鲜活的生意，那就是道。南朝谢赫六法论所说的"气韵生动"，也是鲜活。中国人夸赞用笔好叫"笔走龙蛇"、"龙飞凤舞"，也是鲜活，中国有句话叫"红白喜事"，老人逝去叫喜丧，回家了，托生了，好事。西方人的哲学是悲悯、悲怆、悲壮，他们很沉重，中国人喜欢优雅。

所以中国绘画是写意的，以意蕴为上，立意第一。中国画里有意韵。齐白石画水面、波纹、莲蓬和蜻蜓题"款款"两个字；花鸟草虫题"可惜无声"；赠给老舍的那幅"蛙声十里出山泉"，多么耐人寻味。可染先生的山水凝重深沉、安谧幽邃，同样是以意境为绘画的灵魂。

宋朝范宽的《溪山行旅图》，赋予它一种意蕴，是纪念碑式的，有一种高山仰止的美学感觉。《雪景寒林图》，那种意蕴把一种萧森淡远之气、无可奈何之意画了出来。

徐渭的野葡萄，"笔底明珠无处卖，闲抛闲掷野藤中"，这是所谓画外之旨，言外之意，他以葡萄为明珠自况，有独特之意韵。

恽南田说，笔笔有天际真人想。

我建议，第一多学传统，第二多看名作，第三一定看原作，再好的印刷品都不能代替原作。

中国文化就是写意。太极拳是中国文化在运动领域的代表性的东西。以静制动，以柔克刚，以小见大，以近及远，以弱胜强，这是中国文化最最独特的魅力。最概括的一句是以简胜繁。梁漱溟在评论东西方文化时说过一句有名的话，东方的文化特别是中国的文化都是向内求的。虚谷画了一群金鱼，题上"水面风波鱼不知"，多么富有人生的哲理，含不尽之意于言外，意味在酸咸之外。关良的戏剧人物是写意，耐人寻味。

写意，不是形式上敢大笔一挥，就叫写意。真正的写意，从容淡定，信手挥洒，若不经意。不离形而舍形，从形入而超越形，那就是写意。明朝人说的不似之似，齐白石说的似与不似之间。

画画，能离开形象吗，离开形象的画是所谓抽象画，是西方人的创造。中国人从不玩纯西方意义的抽象，中国人是在形象中说话，在形象之中我要赋予他简约、纯粹、朴素、单纯的造型意义，那种美感是跟现实的东西中像又不像，这是高级的东西，关于意蕴的话题就说到这里。

北宋　张激　白莲社图卷（局部）

勾龍爽人妙筆

北宋　勾龙爽　罗汉图

一松暑多病暘徂大怨行路遲遲幽
珊松清陰滿庭戶寒泉溜崖
石白雲集朝暮懷武如金玉周
子其無度息景以消搖毋其言
思與晤避暑親友秋暑辭
親將事于役日寧幽珊寒松并
題五言以贈么若招隱之意庚岸七
月十六日倪瓚

元　倪瓚　幽涧寒松图

元　张中　枯荷鸂鶒图（局部）

明　陆治　花溪渔隐图(局部)

兩石并立如門一松張
翼若盖秋聲歷歷
耳邊詩思當在物外
清湘瞎尊者極

清　石涛　山水

空番
沾手
農漫
寫

清 金农 梅香

论道一家言

gu ren san yi
pinyi culture

文 / 吴梦旸等

题画　明/吴梦旸

画家不必拘拘求形似，自董北苑始，是以神胜也。至于胜国间诸名家，专务神色，其可以无似而不失前人之工于似者，惟赵孟頫，次则有钱选写生差近之。

六砚斋笔记　明/李日华

凡状物者，得其形不若得其势；得其势不若得其韵；得其韵不若得其性。形者，方圆平匾之类，可以笔取者也。势者，转折趋向之态，可以笔取，不可以笔尽取，参以意象，必有笔所不到者焉。韵者，生动之趣，可以神游意会，徒然得之，不可以驻思得也。性者，物自然之天；技艺之熟，熟极而自呈，不容措意者也。

溪山卧游录　清/盛大士

作诗须有寄托，作画亦然。旅燕孤飞，喻独客之飘零无定也；闲鸥戏水，喻隐者之徜徉肆志也；松树不见根，喻君子之在野也；杂树峥嵘，喻小人之昵比也；江岸积雨耳征帆不归，刺时人之驰逐名利也；春雪甫霁而林花乍开，美贤人之乘时奋兴也。

芥子园画谱　清/王概

鹿柴氏曰："赵子昂居元代，而犹守宋规。沈启南本明人，而俨然元画。唐王洽若预知有米氏父子，而泼墨之关钥先开。王摩诘若逆料有王蒙，而渲澹之衣钵早具。或创于前，或守于后。或前人恐后人之不能善守。前人而坚自守焉。然变者有胆，不变者亦有识。"

东庄论画　清/王昱

自唐、宋、元、明以来，家数画法，人所易知，但识见不可不定，又不可着意太执，惟以性灵运成法，到得熟外熟时，不觉化境顿生，自我作古，不拘家数而自成家数矣。

有一种画，初入眼时粗服乱头，不守绳墨，细视之则气韵生动，寻味无穷，是为非法之法。性其天资高迈，学力精到，乃变化至此，正所谓"清水出芙蓉，天然去雕饰"，浅学焉能梦道！

南宗抉秘　　清/华琳

或曰千岩万壑之景，必一一筹划精当而后落笔乎？余曰神能化形，岂不甚喜，等恐凭虚结想之难，不如看景生情之易也，留字一诀，其至要矣。盖于丘壑初立之际，主位虽定，如遇宾位，应有作意处。一时端详不妥，当空者空之，一笔也不必落，不妨迟之数日，俟全神相足，顿生机轴时，振笔急追，不蔓不支，不即不离，不隔绝，不填塞，于恰当其可之中，定有十二分意外巧妙，即诗家所谓"句缺须留来日补"之意也。

天下有山堂画艺　　清/汪之元

书家有八体，山水家有六法，习墨竹者岂无其体法耶？然古人实未之有也，俾学者何之持循？余因拟之，其法亦有六：一曰胸有成竹，二曰骨力行笔，三曰立品医俗，四曰气韵圆浑，五曰心意跋刺，六曰疏爽淋漓。

养素居画学钩深　　清/董棨

初学欲知笔墨，须临摹古人。古人笔墨，规矩方圆之至也。山舟先生论书，尝言帖在看不在临。仆谓看帖是得于心，而临帖是应于手。看而不临，纵观妙楷所藏，都非实学。临而不看，纵池水尽黑，而徒得其皮毛。故学画必须临摹入门，使古人之笔墨皆若出于吾之手，继以披玩，使古人之神妙，皆若出吾之心。

朱子读书法曰："凡书只贵读，读多自然晓。"仆谓凡画须要临，临多自然晓。又曰："书读千遍，其义自见。"临画亦不外一熟字。

临摹古人，求用笔明各家之法度，论章法知各家之胸臆，用古人之规矩，而抒写自己之性灵。心领神会，直不知我之为古人，古人之为我，是中至乐，岂可以言语形容哉！

贯休与石恪

gu ren san yi
pinyi culture
文 / 户田祯佑

　　传为禅月大师贯休的遗品，毋宁说因其数量的众多令我们张皇失措，莫辨真伪。其中多数是所谓"胡貌梵相"风骨奇怪的《罗汉图》，在这些《罗汉图》中有一批特色显著的作品。这是一种用粗野的水墨笔致一气呵成的画风。现在我们所要探讨的问题便是这种"禅月样"水墨罗汉。但是，在进入这种《罗汉图》的检讨之前，有必要鸟瞰一下其他传为禅月的《罗汉图》首先需要解释的问题是，为什么这类传为禅月的《罗汉图》竟有如此之多？关于这一问题，先学的研究已经作出了答案。例如小林太市郎认为，禅月的《罗汉图》在整个宋代被用于祈雨，因此，其模本早已广泛地流布于世。11世纪后半叶，郭若虚在《图画见闻志》中记载了用于祈雨的禅月笔《水墨十六罗汉》真本藏于豫章云堂院中，便是旁证之一。这些作品与其说是作为鉴赏的对象，毋宁说是作为祈祷的道具，总之有相当的数量是摹本。传存至今的这类作品中，可以认为是禅月真迹的是御物禅月笔《十六罗汉图》。这套御物《十六罗汉图》从古代的镰仓末期便传存于金泽文库，明治时代为高桥是清所有，进而进贡成为御物，可谓流传有序。另一方面，在中国还流传着与这套御物本的造型图案几乎相同的禅月笔《十八罗汉图》。这套作品在清雍正十三年（1735）由杭州长明寺移藏孤山圣因寺，因乾隆皇帝在各幅上书写了题赞而身价倍增。今天，这套作品已经失传，但其造型图案却残存在圣因寺的石刻中，其拓本广为流传，传说御物本和圣因寺本的第十一幅，都是禅月的自画像，特别是御物本的第十一尊者，与其他各幅容貌奇特、远离现实的罗汉不同，传写了短躯肥满的禅月本人的影像，具有真实"模特儿"根据的生动性，尤其是深青浓密的口髯描写，完全是印象性的。不用说，圣因寺的第十一幅也呈示了与御物本相似的图型，但在表现上却更多抽象化的要素，与其他画幅之间的悬隔也不是太大，也许这正说明他经历了多次的摹写。在第十一尊者的画面上有禅月的款记，据此可知这一组罗汉便是乾宁初年（894）信州怀玉所作的《十六罗汉》。进而联系苏轼在北宋元符三年（1100）作赞的禅月笔《罗汉图》赞文来想象作品的造型图案，与御物本、圣因寺本几乎吻合无间，因此可以认为，这一系统的作品显然由来于禅月的原作。

然而现在成为问题的是水墨"禅月样"《罗汉图》的禅月笔的传承，遗憾的是没有比御物本的传承更加重要的线索。而在御物本与水墨罗汉之间，从画风上看没有可以断定为一人之作的共通性。御物本即使作为相当优秀的摹本，也不过是适应实用需要而大量制作的摹本之一；此外，就水墨罗汉而言，至少在无法认可其原型（original）的今天，即使在文献上有禅月画水墨汉于云堂院的记载，但要想透视两者表现的背后所共通的人格设定的根据，无疑是非常困难的。这一困难与御物本、圣因寺本同禅月真迹怀玉山本之间的关联一样，即使不能否定"禅月样"水墨罗汉与云堂院本相纠结的可能性，但现在阶段却无法获得具体的证明。因此，现在更明智的考虑应该是追溯水墨罗汉"禅月笔"的传称究竟始于何

时？也就是检讨这类作品与禅月的名号相结的历史事实。这一工作即使不可能探寻活跃于9世纪至10世纪初（832—912）禅月本人的画业踪迹，至少业可能有助于中国禅月画影集（image）的追忆。

石恪出生于成都，其大半生涯是在孟蜀统治

南宋　贯休　十六罗汉图(之一)

下度过的。孟蜀覆灭后来到宋的都城汴京，进入宫廷画院，不久辞退，殁于归乡途中。石恪绘画的老师是画火名家张南本。"火"没有明确的形态，在其动势的表现中蕴涵了力的影旋律，这种旋律很容易于"逸"的要素相结合。受张南本的影响，石恪的画风以"逸"著称也就不足为怪。传为石恪画的唯一作品是《二祖调心图》，关于这件作品，据田中丰中丰藏氏的详细考证提出了种种疑问之点，我们不妨加以提要引述。这件作品本来是手卷的形式，现在已被一分为二，成为两幅横披，附纸上有元代文人虞集（1272—1348）的题跋。问题出在两幅中可以认为是手卷末尾的地方石恪署款下的"乾德改元八月八日"的年记以及《二祖调心图》的画题。首先，就年纪而论，前蜀（919）和宋（963）都曾有过乾德改元，但从石恪的活动年代推测以后当者为宜。但是，当时的孟蜀尚未覆灭，因此石恪使用宋的乾德年号便显得不可思议。再来看话题《二祖调心图》，意味着禅宗祖慧可大悟之后的无畏心境，胆敢破戒无惭，这一话题与本图十分贴切。但是，现在我们看到，确凿无疑的虞集题跋已经称之为"二祖调心"，所以，其命名可以肯定是在虞集之前。画面上钤盖了许多鉴藏印，但除宋高宗退位后的"德寿殿宝"印及重送于印文上的"损斋宝玩"墨书外，都没有太大的信用。我这一墨书的书体与石恪的署款颇有共通之处，因此，这幅《二祖调心图》由可能是南宋高宗时的摹本，石恪的落款和《二祖调心》的题名则是当时作为"备忘录"的意义而题写上去的。以上便是田中氏论证的概略。田中氏进而为了推定《二祖调心图》原本是石恪的真迹，还引用了元代汤垕《画鉴》中关于石恪画唯颜面、手足用"画法"，衣纹则用"粗笔"的画评记事。然而，即使这一段文献与《二祖调心图》的画风吻合无间，但汤垕是元代的人，所以我们完全有理由指出，他很可能是看到这件作品之后才作出如此记载的；退一步说，即使不是这样，在同一幅画面处理中，颜面、手足精描细写，衣纹却用粗笔草草而成的现象，并不局限于石恪一人的作品，前述传禅月笔水墨《罗汉图》的画风不也正是如此？此外，关于这种画风的文献资料，更不局限石恪一人，早在汤垕之前，邓椿《画继》的"甘风子"条下，关于这位落魄市中、好酒放浪的画家，便有先以粗笔画人物头部，然后放笔如草书法，顷刻而就全体的记载。另外，在关于其酒酣耳热、大叫索纸的记事中，残留了"行动绘画"式的发生期泼墨画家的影像。这样，无论从遗品还是文献比较都可以明瞭，面貌细笔、衣纹粗笔的画风是狂肆"逸"格人物画的共通要素，并非石恪一人的专利品。因此，广而言之，作为南宋后期所能考虑的五代、宋初的狂肆画风，也只能是仅止于接受这一类型的品格。而从前的"泼墨"却如邓椿所评"放笔如草书法"或如汤垕所评"粗笔"云云，从此为"笔"的要素所侵蚀了。于是，泼墨山水在粗笔人物画、更确切地说在人物画衣纹的粗笔描写中日趋萎缩了。

综合考察这一现象的前因后果，邓椿所说的禅月画风，显然也以水墨禅月样《罗汉图》那样的作品更为贴切。《水墨禅月样罗汉》也好，《二祖调心图》也好，即使实际的制作是在南宋，但因为他们都是追踪前贤的怀古样式，所以，在当时的画风中理应包含了大量古典样式的要素。在这种五代、宋初画风再认识的现象中，我们理所当然预想到这一古样画风对于当时南宋画坛的直接反映。而这一反映正是于禅林相纠结的绘画界中的最强烈表现。

尊今疑古为革命

han xiang pian yu
pinyi culture
文 / 许宏泉

钱玄同（1887—1939），浙江吴兴人。原名夏，后更名玄同，字中季。早年留学日本，师从章太炎。"五四"新文化运动的积极倡导者之一。提倡文字改革，曾创议并参加拟制国语罗马字拼音方案。历任北京大学、北高师、北师大等高校教授。语言文字学家。

（一）

钱玄同有个笔名叫"疑古"，而他这"疑古"却是先从"复古"开始的。知堂先生说他"第一的'复古'做得很彻底。第二期便来了个'反复古'运动，同样的彻底，不过传播得更广远了。"

先说他的"复古"，文字他主张用小篆。文章毫无疑问一律拟古。甚至服装也要参照古本研制一套"深衣"来。所谓"深衣"据知堂先生所说："白布斜领，看起来很有点像'孝袍'，看去有点触目。"钱玄同酷酷地穿着它去教课上班。你说这算"新新人类"还是"复古"派头呢？

新文化运动开始，一时间大都激进的知识分子都以西方民主与科学为改变中国命运的两剂解药。而所有往日称之为"国粹"的皆被当作"国滓"。钱玄同骨子里是具有"愤青"意识的。他转而成为疑古、反复古的急先锋了。

但这种反终究是没有根基的一种时髦文化罢了，这也是五四大多数文人的轻佻和偏激，所以知堂说"他对中国文化遗产的某些方面缺乏理解。"这种仅靠血气的叛逆，我们又何尝不可以称之浮躁和浅薄呢？它的作用是顺时应势助长新文化运动的快速发展，同时也是促成这场革命草草收场乃至不可收拾宇求先生：拟请先生担任师大公共必修科国文讲读及作文，每周二小时（因有作文故，以三小时计），敬请俯允为荷。校课时间以何时为宜，请径迳知注册课可也。敬问亟否不一。

弟钱玄同言。

廿九、十四、

的结局之根源之一。像林琴南那样的旧学卫道士（被他们称为"桐城谬种"）只得退避，躲到阁楼上去午睡去了，可谁知这一觉睡到今天还不见老夫子下楼来，真是漫长的沉睡啊！

钱玄同这一回的"反古"恐怕彻底要比"复古"来得畅快，因为反和毁总比复与立似乎要容易一些。依我看来，其实也未必，比如，他主张将线装书丢进茅厕，可他作的依然是文字学和经学的功课；他主张反对礼教，废除汉文，用罗马字拼法，而他的文字学研究仍然离不开音韵；他欲废除汉字，可他又热衷"书法"，写他的"唐人写经"，可见文字与艺术的魅力是他无法摆脱的。这正是片面的自相矛盾，也是"彻底"的困惑。钱玄同不像他的先生章太炎那样索性怪异到底，他的"革命"作风总是太过于性情，他说四十岁的人都应该枪毙，他渴望见到一个全新的中国和中国文化的局面，而他也知道，这都是无法做得到的。所以，他的反复古也最终只是个"疑古"，以至他最终成为一个"怀疑"的人，包括对他自己。他甚至不知道他在做什么，为什么要去做，结果将会怎样？事实上那一代知识分子们归根结底并不清晰中国的命运——将走向何方——不是他们在改变这一切而是他们根本不知道自己将被带向何方？

（二）

钱玄同的新思想即是时髦的全盘西化，具体而言恐怕是欧化。他曾发表这样的言论：

"到了民国时代，还要祀什么孔，祭什么天，还要说什么纲常名教……"（《新青年》6卷2号）

"我坚决地相信所谓的欧化，便是全世界之现代化……"（《回语堂的信》，《语丝》第23期）

以欧化而当作中国的现代化是五四知识分子的普遍情结。他们看到的只是西方的民主和科学主义，他们进而认为阻碍中国现代化发展的罪魁祸首是旧文化，钱玄同就曾主张"全盘承受西洋文化"（《致周作人》，钱的这一言论发于1924年4月，可谓先声，遂有胡适等人关于"西化"的激进思想构成一时代之风气）。

钱玄同在致周作人的信中强调"我们实在中孔老爹学术思想专制之毒太深，所以对于主张同的论调，往往有孔老爹骂宰我，孟二哥骂杨、墨，骂盆成括之风"（《中国现代文艺研究资料丛刊》第5辑322页）。

可能我们要认为钱玄同骂孔的出发点是基于对学术思想专制的痛恨。但他和很多知识分子并没有看到吾国学术思想发展缓慢的病根，他也看到"讲孔教、讲皇帝、讲伦常"的弊端，但他主张的拯救法宝依然是科学主义和自由民主，而他的自由观则又是基于古人的"太丘道广"（1926年致周作人信，见《鲁迅研究资料》第9辑）。中国人对传统的批判大抵还是功利的，从钱玄同的骂孔老爹到文革时批孔老二，再到今天举国上下的尊孔祭孔运动的复生（甚至有学者又开始提倡以孔学而为国教），这样的循环往复使我们一直走不出无形的怪圈，余英时先生曾指出："中国有一种特殊的现状，就是保守与激进之间没有一个共同的坐标，因此双方永远不能有真正的对话。"（《"创新"与"保守"》见《钱穆与中国文化》）

我觉得，究其根本，还是这种种的学术主张都没有一个真正的标准——真理，相信"真理往往在少数人的手里"，但少数人也会成为学术霸权，成为思想的专制和独裁。人不可能也不可以是真理，他可能接近真理，这正是德、赛二先生脱离法制法治乃至信仰背景在当时中国文化领域的具体表现。他们一面鼓吹民主与自由，一面又反对"向孔丘与耶稣叩头"（钱玄同《致周作人》），信仰的缺失，或者说把信仰只当作西方文化，正是"现代化"发展的又一局限，这种障碍同样成为影响当代文化的构建，以致滋生片面的民族文化情结，以孔学来抵制西方文化的侵略，对于钱玄同那一代人来说无疑又是一次极大的回击，这种回击同样失之片面。同样，他们的自由主义思想的向往最终导致学术领域的驳杂混乱乃至失语。

钱玄同进而强调这种自由梦呓的重要性"即

使盲目的崇拜孔教与旧文学，只要是他一个人的信仰，不波及社会——波及社会，亦当以有害于社会为界——也应该听其自由"（《鲁迅研究资料》第9辑）。我们不能以为这一识见的"失语"，他们始在这种自相矛盾中不能自拔，他们自以为是，终则对前景一片茫然。

学者周策纵以为"1916年以后改革者开展的破除偶像活动并没有集中攻击宗教。但是在他们反对试图把孔教作为国教的活动中，确实表现了一般地对于宗教的反感，然而他的主要观点仍是'宗教自由'，而不是废除一切宗教"。（《五四运动：现代中国的思想革命》）

当然，我们可以不作片面地认为新文化运动是以破为主导思想的，但它的寻求一个新的世界的理想却显得过于急躁，而这种立的理想事实上却是建立在破之上的。

1919年3月梁启超就有一段耐人寻味的发言，但却并没有引起狂热的知识分子们的广泛关注，梁鉴于西方物质文明的飞速发展而道德权威沦丧争战不停的局面感慨道：

"当时讴歌科学万能的人，满望着科学成功，黄金世界指日出现。如今，功总算成了，一百年物质的进步，比三千年所得还要加几倍。我们人类不唯没有得着幸福，反而来许多灾害。"（《欧游心影录》）

对"科学主义的破产"反思，同样，对"民主主义"的狂热也转瞬跌入无望。1919年陈独秀曾倡言"我们现在要实现民治主义（Democracy），是应当拿英、美做榜样"，可第二年，他突然转变："若是妄想民主政治才合乎民意，才真是平等自由，那便大错而特错。"（《民主党与共产党》）陈与李大钊等人由对欧美民治的向往而急速转向了马克思主义，曾经令人们梦寐以求的'德先生'从此和那场仅仅持续四年的启蒙运动一起悄然地退场。有人说这乃是"一幕奇特的历史悲剧"。可叹的是，今天我们果然真的追寻到其中的根源了吗？知识分子的软弱和骄傲，极大地阻碍了我们对"真理"的认识，今天，不是依然有很多人以为凡传统的就是国粹，凡西方的就不利于民族主义，当然，科学的甜头他们依然还在津津乐道着。

（三）

回顾那场"革命"，无论是钱玄同的"废汉字"，鲁迅的"不读中国书"，还是胡适的"百事都不如人"，让我深切地感受到那一代人的真诚和使命感，同样也看到了五四文人的轻佻与浮躁，苦闷与偏激。

钱玄同欲以拼音取代汉字，可今天依然有人乐道音韵之学，热衷诗词古文，热衷汉字的书写。而他的这通写给夏宇众的信，无论样式、文字，都是一本古法，书法以行参入简帛笔意，极具几分鲜活之趣。因此，可以说疑古先生的骨子里还是有着挥之不去的古意的。

撞桐葉冥五十壽頌百叙

嘉靖戊戌长洲葉氏文貞屆年七十二月

昔寔其始生之后于乾其遊興其

姻戚子而招衤之冥稱頌于子乳文字

輪年祝余气一言以祝至頌禱之词余

以余忸田祝邪其一祝曰其二義之

以余忸之言或去陰人壽以名而祖

上壽百余中壽八十二壽云下至此

十月浸而以言壽也文貞僅六平

生活自有朴真意

古代场景绘画赏析

Pin wei cai zhi

pinyi culture

文／思言

　　以日常生活为描绘对象的生活场景绘画，不仅反映了当时人们的物质生活状态，更承载着人们对于现实人生的情感体验和精神追求。从严格的学术研究角度来讲，本文所命名的生活场景绘画并非存在于画史上的一种艺术体裁或者画科，它是我们根据自己的视觉经验，从古代砖石壁画中截取的一些经典性的生活化画面。这些画面在人物、场景的构图安排上侧重表现生活内容，并以其鲜活淳真的艺术语言和智慧高超的形式技巧吸引了我们的目光，为当今绘画借鉴学习之目的计，我们姑且称之为"生活场景绘画"。

　　自审美意识萌发和原始艺术产生以来，发生在先民身边的渔猎生产、祭祀牺牲、歌舞娱乐等生活场景等就不断为早期艺术家所描绘，从遗留至今的岩石壁画、彩陶装饰画中，我们依稀窥见新石器时代先民们的生活情态。步入三代社会，采桑、宴乐、歌舞、出行、攻战等题材成为华夏礼乐文明所热衷表现的生活场景，从考古发掘的青铜器、漆器、帛画中见到的这类生活化画面，可谓战国时期各阶层社会生活的形象记录。这些朴拙天真的艺术形象，以介乎抽象和具象的形式表现，既表现出人们对于自身生活的关切与热爱，更是早期艺术家们在艺术形成时期对生活美的理解和探索。经历了千年岁月的洗礼沉淀，它们昔日的熠熠光辉正透过锈蚀斑驳的外表映射着我们。

　　秦汉时期，政治的大一统带来了社会经济的繁荣及文化艺术的昌盛。汉人对于现实生活的热爱和赞美，不仅体现了朝气蓬勃的时代精神，更是积极向上的生命精神之彰显。人们甚至希望死后获得永生，以期继续生前之美好生活，通过对现实生活的移植和改造，墓葬艺术表达了他们对来

杀猪·魏晋·甘肃酒泉西沟墓

世的憧憬想象。山东、河南、四川等地出土的汉代画像砖、石上、绘制有农耕、收割、采莲、纺织、制盐、田猎、戈射、庖厨、百戏等等生活场景，几乎包罗社会中下层日常生活的各个方面，艺术匠师们注意从生活中吸取营养，开拓和丰富思维空间。近日首博展出的一块东汉模印画像砖（四川大邑县出土），画面内容丰富而协调，天空中惊鸿掠起，荷塘内鱼鸭戏水，岸上猎人跪地仰射，构图完整生动，人物与场景处理极为和谐，风格清新隽永，乡土气息浓郁，令人赞叹。这些题材同时还大量出现在了墓室壁画和铜器、漆器、织锦等工艺绘画上，显示出不同艺术门类在表现同一母题时相互借鉴，紧密关联。这些画像描绘田园市井生活，画风纯朴，显然画者有着极为深厚的生活体验和感悟。

魏晋南北朝时期，政权动荡，战乱频仍，朝不保夕、痛苦不堪的现实生活，使人们无暇顾及来世，他们转而陶醉沉迷于虚幻的佛教极乐世界。朝野上下兴建寺院，开窟造像，绘制壁画，掀起了佛教艺术的创作高潮。艺术家们视野开阔，思想自由，他们深信艺术源于生活，佛教艺术只有贴近现实才能博得善男信女的虔诚礼拜，继承秦汉艺术家的优秀传统，借助现实社会的生活体验，他们以更加大胆的浪漫主义手法，创造了一个人皆向往的西方极乐世界。敦煌莫高窟、麦积山、云冈、龟兹无不留下了他们思想与智慧的印迹。甘肃武威、酒泉、张掖、敦煌等河西四郡是魏晋时期战乱较少、相对平和的地区，河西地区的经济一度较为繁荣，墓葬艺术继承汉代描绘现实的传统，在壁画和砖画中，农桑耕作、庖厨宴饮、车马出行等传统题材得以继续描绘。但魏晋艺术家显然更具浪漫主义的创造潜质，艺术手法更加大胆创新，表现形式日趋自由简洁，艺术形象愈加灵动鲜活，极富真趣。

史至隋唐，三百多年分裂混乱的政治局面归于结束，社会经济得以恢复和发展，文化艺术全面繁荣，封建社会发展到鼎盛时期。唐王朝成为世界上最强大、最富庶的文明大邦，艺术家们以豪迈上进的精神歌颂着隆盛的太平治世、礼赞着美好幸福的田家生活。画史记载许多著名画家亦参与了田家川原、村野风俗等生活场景绘画创作。唐朱景玄《唐朝名画录》记韩滉："能图田家风俗，人物水牛，曲尽其妙。"《宣和画谱》还著录其作品《田家移居图》、《丰稔图》、《尧民击壤图》多件；张彦远《历代名画记》记载另一位著名画家阎立本："田舍屏风十二扇，位置经营，冠绝古今。"可惜这些画作早已湮没无存。不但如此，生活场景画面还在佛教石窟壁画和墓室壁画中大量出现，仿佛西方乐土与地下世界不过是现实生活的翻版，这些壁画艺术极大地丰富了我们对唐人生活的视觉感受。倘若以现代人的眼光来看，这些壁画本身的图像内容和经营构图已孕育着多种绘画门类的萌芽形态，劳动耕作、村野风俗等生活化场面中，常会出现经营微妙的山石景致，清丽疏朗的花木修竹，是为山水、花鸟画科之本源。

五代两宋时期，士大夫不事耕桑、鄙夷农事的思想倾向，在以儒家思想为主流意识形态的宋代社会更加突出。卷轴画的昌盛和各种画科的日趋成熟，促使画坛主流不再关注生活场景，各科画家纷纷投入到对"真"的致力与"形似"能力的提高，表现生活场景之绘画成为职业画家取利谋生的风俗画。但许多有远见的画家在进行山水花鸟画创作时，仍注意将田家村野之意趣和自身的生活体验融入到画面中，创作出了许多令人感动的经典作品。五代画家赵幹的传世画作《江行初雪图》虽为山水画，然画中描绘冷风刺骨、渔人战栗之状，正是渔家生活之真实情状。董源《龙宿郊民图》画村人聚列，舟岸击鼓，即是郊民拔河祈雨之场景。这些生活场景巧妙地融入到了山水舟岸之中，增加了山水画的逸情别趣。

元明以降，生活场景绘画彻底为风俗画所取代，或为统治阶层粉饰太平之用，或为职业画匠取利之具，已经不为文人画家所关注。但关注现实、表现百姓生活趣味的生活画仍然在乡野民间延续了它的生命，节庆、耕织、婴戏、渔乐、牧放等等饱含田家乐趣真意的题材内容，被瓷器、锦绣、版画、年画等民族艺术形式传承和发展，并在装饰屋堂、美化生活的俗文化审美中大放异彩。

1942年，毛泽东在《在延安文艺座谈会上的讲话》中指出："生活是一切文学艺术的取之不尽、用之不竭的唯一源泉。"此语作为革命文艺走群众路线的理论依据，曾在"文艺为工农兵服务"时期发挥了巨大的指导作用。但革命建设时期，为了反映新中国经济建设的成就，一些宣传集体劳动生产、公社大跃进的"新中国画"、"新年画"，不顾艺术反映生活的准则，歪曲现实、粉饰太平，以传统绘画的形式描绘一些现代文明的机械生产活动或英雄事迹，这种既无生活体验又无艺术意趣的生搬硬拉，极大地扭曲了生活场景绘画的本真之意。

20世纪80年代以后，中国传统绘画回归艺术本体，但必须看到当今画坛受多少受到"新年画"、"新中国画"、"风俗画"的影响，不少画家的创作还是没有摆脱主题性绘画审美意识的影响，描绘生活场景往往摆脱不了客观物象，其艺术创作缺乏出自本心的真切体味，难免落入生活俗套，这是颇为可惜的。

本文选取的场景绘画之经典，题材摄取非常精炼，简单的几处花簇草丛、山石屋舍，巧妙组合凝练地表现出人物活动的环景氛围，反映出真实动人的生活情趣。南北朝墓室的有些砖画甚至无任何景物描绘，画家却借助简单的器具以表现性的艺术手法传达作者对生活的真切感受。这些作品的线条飘逸洒脱，施色随意率性，用笔简括，设色大胆，寥寥数笔，就能勾画出山石花草、田园屋舍，表现力极强，体现了作者超越物象而不失生活之真的艺术智慧。古代艺术家以少胜多、出奇制胜的艺术创造，源于他们对生活的细致观察和深层体验。这种"艺术与生活"的智慧着实令人敬畏，而对当下画家重新思考生活与艺术创作这一老生常谈的问题，它无疑又是一种有益的启示，这就是我们"追本溯源"的目的所在。

宴居行乐图 十六国 甘肃酒泉丁家闸墓

　　此图位于墓室正壁。画面上方绘墓主人端坐屋廊之下欣赏田园风光，身后有男女两仆侍立；下方绘众侍从备车出行的场景。初看此画，其表现形式似乎不合所谓绘画的许多标准，人物景观近大远小，构图松散，没有确定的画面中心。然而细品之下，此画形式处理实高妙智慧，人物、车马、服饰皆以简洁概括的线条勾勒，简单随意却不失物象精神，极富表现意味；壁画色彩浅淡朴拙，朱红、黄、白、石绿、赭石、黑灰诸色彩绘，相映生辉，飘逸流畅。近大远小的铺排方式使主人视野阔远，坐于屋廊之下即可俯视田垄阡陌、车马往来，正反映了一个庄园小地主生前的真实生活。这些看似不合理的表现手段，反映了早期艺术家对形式与内容关系的理解：即形式为内容服务的法则，显示出他们在艺术表现上的开创精神。

牧羊图　砖画　魏晋　甘肃酒泉西沟墓

　　此画面为砖画局部，原砖尺寸为39cmX19cm，内容表现的是牧羊场景。画面中的人物和山羊都已相当符号化，人物脸庞的椭圆形、披风的三角形、大腿和小腿的圆柱形，不管是平涂色块还是线条勾描，几乎所有的造型都可归结为几何形状，然而就是这些几何形却以奇妙的组合方式，合于造型法则和人体的基本结构，抛开历史的情境，以今天的眼光来看，这种造型上的稚拙形态极具表现意义。此画面虽为放牧场景，但若仅从其视觉效果来看，画中山羊的描绘已很现代，画家似乎不屑于再现真实物象，却以表现性的线条组合成一个个有生命的形象，这看似是由于画家欠缺写实造型能力造成的，实则是当时画家"不求形似"、着重表现生命精神的艺术追求。

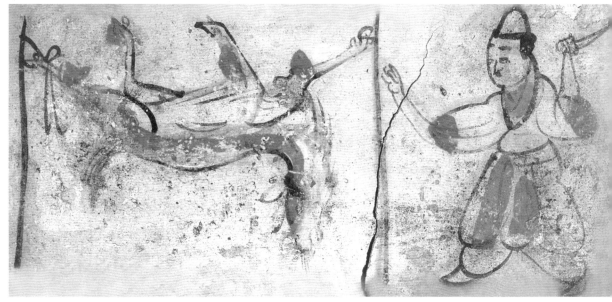

宰羊　砖画　魏晋　甘肃嘉峪关7号墓

　　这两幅砖画尺寸均为39cm×19cm，以红色条带装饰四边，类似画幅边框，内容构图相近。在狭小的砖面上，画家形象准确地展现了农夫宰羊这一场景，两根纤细的柱子支起木架，被宰杀的山羊倒挂在支架上，农夫挥刀向前欲做收拾，山羊、支架、农夫，简单的几个形象已将场景交代的清晰明了，画家在物象选取上可谓匠心独运。此画在形式表现上亦可圈可点，山羊刻画较为繁复，肢腹地方以粗线勾画转折，腹尾等处以细线表现绒毛肌理；农夫形象较为简单，墨线勾勒，朱砂点染，一繁一简，一静一动，不经意间营造出微妙的节奏感，几处朱红色块间隔点染更增加了画面的唯美意韵。难能可贵的是，画家描绘姿势动态亦有独到之处，山羊四肢张开，一肢屈伸向前，一肢蹬向画里，羊头倒垂，腹部下沉，极其准确地捕捉到了这些细节，观察细致准确，显然有着极为深切的生活体验。

经商回家　北周　甘肃敦煌莫高窟290窟

　　此图位于290窟窟顶，表现的是一商人出海经商赢得大利，大象满载珠宝，商人急着赶回家告诉家人。商人按捺不住的内心喜悦和激动，他的跨步比大象的步伐还要大，双手自然划动着弧度极大的手势，似乎是为了加速前进。他夸张的动作甚至引起了路人的好奇，阙门外一人探身观望商人。画中商人和大象以色线简单勾描，再以土黄、浅灰、蓝、绿、黑等颜色挥写平涂，人物表情虽无细节刻画，但商人激动喜悦的内心世界却通过人象间的动势关系巧妙地传达了出来。周围房舍、树木等景物也以色线描绘，在整体上与人物活动形成了动态关系，这种纯以线条和色块关系来传达情感的表现方式，充满想象力，极具浪漫色彩。

逾城出逃　北周　甘肃敦煌莫高窟296窟

　　此画为主室局部，表现的是善住趴在墙上把儿子递给妻子，妻子在宫城外举手接儿的场景。画中人物以浅色单线勾勒轮廓，除善住王和妻子上身平涂黑色外，余人以浅灰色略加涂染，在墙体灰白色的映衬下若隐若现，给人一种未完成的画面感觉。前景山石以蓝、绿、黑等色块表现，与城墙之黑色相呼应，形成"近大远小"的景深空间。在明暗两种色彩的对比下，观者视点回落到人物活动上，在没有木梯可供攀援的情况下，小孩从高大的城墙上被手递手接下，委实不可思议，但对照"人大于山"的近景山石、高大过城墙的中景树木，这一悖论无疑又被合理地消解了，艺术家巧妙的经营创造，智慧地模糊了艺术"再现"与"表现"生活的界限，对当下画家的创作来讲，这种空间处理方式值得研究与借鉴。

听法图 隋代 甘肃敦煌莫高窟45窟

　　图中画一小王，带高冠，着长袍，双手拢于胸前，对面有一红衣男子合掌听法。此画以浅淡的红黄色表现山石地面，又以几抹浅绿色带间隔涂染树木背景，温暖的主色调中又掺入了几许明快清丽。主体人物以线条表现，间或平涂色彩，色不掩线，线面相间，别具韵味。书画榜题渊源极深，早在汉代就有人物故事画榜题，魏晋时期，人物画中盛行画赞，为品评画中人物品行之语，自此在卷轴画上题写文字成为传统。此画中小王身后书榜题，条框的深褐色巧妙地平衡了衣袍的红色，而且造诣甚高的书法，也给画面平添了几分书卷气。由此看来，现代绘画创作书写题记，也要在色彩、构图、内容各方面与绘画之表现形式相协调，倘若生搬硬套不注意转换，就会造成书画形式之间的不和谐。

高士图　初唐　陕西西安南里王村韦浩墓

　　画面前景描绘花卉、草蔓生于山石间隙，野菇隐于丛簇之间，中景绘头戴竹冠，身穿红色宽袖大袍的高士，隐于树后。在唐墓壁画中，树下男子的图像非常多见，这种构图方式可能源于魏晋时期的"竹林七贤"，但唐人又有所创新，画中所绘当为野外山林景致，与魏晋时期的树下人物相比，已有较丰富的环境刻画，表现出清幽宁静的意境，高士隐于树后，或许含蓄地表达了隐逸之士的高洁品质，画中人物景致以粗笔淡彩的形式写成，同略显斑驳的画面也相协调。隐士题材成为后世许多画家热衷表现的题材，以南宋李唐所绘《采薇图》最能营造山林意境以衬托人物之精神气质，唐人无疑开描绘山林意趣之先河，为后世画家所效仿。

拜堂成亲　盛唐　甘肃敦煌莫高窟116窟

　　此图表现的是一对新人即将拜堂成亲的场景。山坡下，青庐外，蝴蝶飞舞，毡毯铺地，一场婚礼正在热闹地举行，亲友宾客端坐礼席前，目光注视新人，新郎新娘在男女傧相的陪伴下，站在毡毯上，面向礼席作揖行礼。画中婚礼没有喧嚣的乐队，没有热闹的烟花，喜庆气氛似乎不够热烈，这是由于画家没有将人物活动作为艺术表现之重点，但是对景致的刻画格外用心，画面左侧的小山，缓缓起伏，沿轮廓线以淡青绿着色，渲染适度，山头树丛以青绿色攒簇而成，山上蝴蝶萦绕花间，如此轻淡唯美的笔触描绘山石景致，温和柔润之感正合于吉庆祥合的婚礼气氛，以静衬动的艺术手法更加含蓄地营造了一种热闹温馨的氛围，古代艺术家的聪明智慧着实令当下艺术家敬畏。

吐蕃族婚礼　中唐　甘肃敦煌榆林窟25窟

　　此图表现的又是一对新人拜堂成亲的场景，与上图不同的是此处婚礼场景发生在青庐内。室内空间的限制，促使人物活动被拉到近景来表现，视神态表情等细节刻画不容忽视，这对石窟壁画作者虽有一定难度，但古代艺术家自有高超的艺术手段令我们惊叹。首先在表情神态描绘上，突出刻画坐于桌前略显富态的红衣老人，他手捧茶盏，缓缓举于胸前，眼角微微睨视新人，似在张口称许，画家对于人物瞬间的心理表情把握准确而生动；其余仆从则不作细致描绘，避免喧宾夺主。突出主要人物，间接描绘次要人物，人物的服饰之华丽唯美及礼席宴饮之具的精丽别致都被充分彰显，这些颇具吐蕃地域风味的小礼帽、透额罗及精致华美的家具摆饰无不为喜庆的婚礼添光增彩，这种主次关系协调的人物描绘是古代场景绘画的经典处理方式。

扬场　五代　甘肃敦煌莫高窟61窟

　　这辅壁画表现的是农家劳动生活场景，农妇站在小凳上持簸箕挡风扬场，丈夫持扫帚堆谷。画面的色彩运用颇为精妙，表现性极强，中间绿色条带似田野又像河流，抑或是画家有意的平涂，只为衬托主体；近处谷堆以红色表现，间缀斑斑点点的黑色，两相对比，煞是好看；板凳涂染成绿色，男女色彩处理又以红、绿、黑色间或平涂，画家用色没有顾及自然常理和物象本色，但其运用完全出自心灵之臆想，所有色彩的协调搭配只是为了"美"，这是艺术家对生活美的最感性体会，也是最大胆最直接的表达，西方绘画只有到了19世纪的后印象派，才会抛弃物象的客观色彩，涂绘心灵，若以今天的审美眼光来看，此画或许已经具备了最现代的表现色彩。

歌舞百戏　五代　甘肃敦煌莫高窟72窟

　　乐舞百戏这一饱含娱乐精神的艺术题材备受人们喜爱，早在秦汉时期的陶俑、壁画中就已出现。隋唐以降，乐舞百戏更是加入了西域波斯杂技乃至魔术表演的成分，更加隆盛。此辅壁画表现的是佛头塑制成功后，百姓以歌舞百戏庆祝的场面。画面两旁是弹琵琶，吹海螺、管笛等各种乐器的表演乐队，中间是杂技百戏——顶竿表演，一人头顶竹竿单脚站立，一人竹竿之上腾越翻转。两旁乐队仿佛沉浸在歌舞气氛里，表情沉静；杂技表演正在紧张进行，扣人心弦，一静一动，对比强烈，画面中冷艳的石绿色和绛紫色在斑斑驳驳的画面上十分醒目，也在视觉上形成一种跳动的节奏，给愉悦欢快的表演氛围增添了几分明丽。

张问陶论诗"胸中成见尽消除，一气如云自卷舒，写出此身真阅历，强如餖飣古人书"用之学画最为贴切，此诗如醍醐灌顶真切可行。何绍基亦曾论到此节，云："如餖飣零星，以强记为工，而不思贯串，则性灵滞涩，事理迁隔，虽堆砌满纸，更何从有气与味来。"此大国手也，理目寻纲，从性灵中拈出气与味，可惜无上妙法，尽在无形之中，学子犹隔雾看花，蹒跚学步。

作画讲自然天成，孙过庭所谓险绝之后，复归平淡之意，诗论有"敢为常语谈何易，百炼工纯始自然。"用常语求自然，看似简单，实极难也，能平常则不平常，平常最难，至若能平中出奇，则必为高手。所谓平淡自然都是千锤百炼之后，心态平和，得自然之妙有，非险绝奇鬼之辈所能梦见。

张问陶论诗云"胸中成竹总非真……一气如云

句卷舒，方出此身真阅历，弦如剑铗古人金。

用之学画最为贴切，古诗如醍醐灌顶、真切

可行。何绍基云：论到此前，云"如剑铗

星，以险论有工，古不思贾岛，则性灵常空、

事理通隔。雅珊纷垂低，又何处有牵丝牵丝味。

性大圆手也。理因寻例，适性灵乎？按生牵与味。

可惜笔上妙法，尖毫在笔飞之中、学子摘偶雾

读书偶记

hua ren suo ji
pinyi culture

文 / 刘二刚

　　灯下，我正在认真地看书，不知从什么地方爬过来一只绿色的小虫子，小得像芝麻一样大，肚子鼓鼓的，小爪子爬的很快。我本能地就用手指去弹它，它被弹到另一本书上，掉转头就跑。我再一拨，使它仰面朝天了，六只小爪子直动直动的，用劲翻了个身又跑。我堵住了它的去路，使它又是个仰面朝天。这回，它动不了。任我怎么拨，它都不动。是死了？哪能呢。

　　我不去管它了，平静下来，我忽然觉察到我的心虚，这么一个大活人，为什么要在一个小虫子面前摆威呢？它又没有惹你，也不过就是在你的书上经过一下，你就把它逼成这样，无异一个小孩忽然撞见了一只老虎，不，应是一只恐龙，毫无还手之力，连投降都不管用。我后悔起来，希望它不是真死，便偷偷地看它。果然，它并没有死，两根小须还在动呢。我想，你这聪明的小东西，是以装死法来保护自己呢。它看看没有动静了，翻了个身又跑。这回它跑的没有那么快了，大概爪子受了伤，一跛一跛的。直走到这本厚书的边上，朝下看看，以为到了悬崖峭壁，它不敢下来，只是继续沿着书边走。我用一只圆珠笔去引导它，它又不动了。它一定知道我在威胁还在。好吧，我向你道歉，就在你在这歇吧。

　　等我两页书看完，再来瞧时，它却不见了。

　　它是怎么离开这儿的呢？我佩服这只小虫的智慧。它是只温淳的小虫（它不像跳蚤、臭虫来侵害人），甚至被侵害了也不知咬人一口；但它不呆，它知道怎样在突如其来的强大压力下保存自己弱小的生命。

鬼故事爷韩羽

hua ren suo ji
pinyi culture

文 / 于 水

　　韩羽的鬼故事，开场白通常是这样的："说有鬼，谁信呀，可有些事还真不好解释。"于是，一个个鬼故事就这样展开来……

　　近日，韩羽在二月书坊校对他的《韩羽文集》。晚饭一锅卤煮火烧，二两小白下肚，脸微红，头顶放光，一支烟点上，鬼故事开讲。"晓晔把灯拉了"，屋内伸手不见五指，主讲表情动作出不来。"还是开个阳台小灯吧。"一群人围坐着，影影绰绰，在"似与不似之间"，刚刚好。大家定睛打量韩羽，"鼻子一无可取，嘴巴稀松平常，只有脑门胆大，敢与日月争光"（方成描述韩羽，真准）。尽管气氛诡异，但大家没一个害怕的，反而想笑。老季、怀一、晓晔等属于基本听众（条件是听过三遍以上），我、二刚、老左、郭同志、书萍是流水听众，大概排到一千零一拨了。

　　年近八旬的韩羽经历丰富，旧社会、新社会、斗地主、四清、反右、文革、下乡等等，没见过鬼，却被鬼故事吓着过，因此，讲起鬼来，就特别投入，特别生动。如果你质疑或插话，会被立即制止："你别说，听我说。"那架势，很像一位北京爷。

韩羽嘴里的鬼大都幽幽的、若隐若现的，大鬼小鬼统统都操山东口音（这些鬼大概是蒲松龄的老乡吧）。鬼们也不吃人，也不放火，也不抢粮食，更不变毒蛇猛兽。因此，不用设"少儿不宜"。讲法有点像马三立说相声，语调飘忽，略带戏腔，娓娓道来，一会儿甩一个包袱，听的人常能笑出眼泪来。迄今为止，还未有一例因听韩羽讲鬼故事而进精神病院的报告。

古往今来，讲鬼故事多为吓唬听者，而韩羽却开创了娱乐听者，吓唬自己的先河。往往听的人开心得不得了，什么抑郁症、更年期都治好了（尤其是他的老伴，年近七旬却面若桃花，风韵不减当年，大概，一辈子的鬼故事都化作长生不老仙丹了）。而韩羽自己却被鬼故事吓得一激灵一激灵的，您不信吧，有例为证：

动，午夜著书画画，稍不小心顶一下，案面往前一走，后脊梁也会冒凉气。

韩羽爱京剧，尤好昆曲。因此，他的画基本上都是戏曲人物，没听他讲鬼故事之前，爱他画中笔墨的"鬼斧神工"，听过鬼故事之后，爱他画中一股"不好解释"的鬼气。我曾问他，您为何不多画些画？他说，画太难了，一拿笔就害怕，得等着感觉。我想，鬼故事讲着讲着感觉就会来了，何时何地能来，"还真不好解释"。因此，韩羽的画挺难产的。

续一个韩羽鬼故事做为结尾吧：很久很久以前，韩羽与方成等三人去杭州出差，听一个朋友讲，他可请碟仙算命，很准。三人一下来了精神，连夜赶到朋友家。朋友说，碟仙怕光，把灯拉了，桌上铺一白纸，中心画一圆圈，扣一碟子在上，四周画几个同大圆圈，把想占内容写于内。按要求，须三人（两女一男）中指触于碟。一切就绪，朋友开始请仙："碟仙呀，碟仙，你来一下吧，俺

（大望楼一角）

例证一，韩羽与一群画家朋友出差到南京，讲鬼故事至午夜，听者一个个倒下睡去，韩羽一看四面呼噜，夜黑风高，楞是不敢回自己的单间，挤在大伙的集体房间睡了一夜。

例证二，韩羽每夜睡前有个习惯，将家门重锁三遍。打开锁上，锁上打开，如此往复，鬼使神差，最后，往往门是开着的。老伴烦了，一日隐在门边黑处抓现形。只见黑影一闪，穿内裤的韩羽先生直奔大门而来，"半夜不睡觉，干什么呢？"老伴一声喝，韩羽忙扶住椅子，立即来了个脑筋急转弯，回道："没干啥，就想摸摸椅子。"悻悻地回被窝了。总怀疑门没锁好，你说是让鬼故事吓的吧，老人家还未必承认，只能归为"真不好解释"。

中国善讲鬼故事且有书卷气的只有两个人，一位是蒲松龄蒲老师，另一位就是韩羽韩爷。但他们的表现方式却不同，蒲松龄写《聊斋》着力在"成教化，助人伦"；韩羽则看重，讲故事的快感和"不可解释"的玄妙。韩羽早年曾与方成等漫画家在山东参加全国美代会，中间溜出来，去看蒲松龄故居，韩羽说，到了那故居，觉着随时都会出现《聊斋》里的狐仙儿。韩羽家我拜访过，老伴温和善谈，书屋呈国学大师貌，并无鬼气。只是画案案面松

们有事求你。"一屋的人，黑暗中大气不敢喘，瞪着眼看天花板，等着碟仙的光临，两分钟过去了，屋内没有任何动静。朋友解释，碟仙没来（神仙也挺端着的）。再请一遍："碟仙呀，碟仙，俺们有事求你，麻烦你来一下吧。"话音刚落，三人指下的碟子动了一下，朋友问韩羽，你们要算什么，当时回京软卧很难买，原订27号的又没有把握。韩羽就请碟仙给算，俺们的票27号还是28号？朋友将这两个号码分写在两个圆圈内，道："碟仙呀，碟仙，你看他们的票是27号还是28号？"碟子开始快速地移动起来，眼看着扣在了28号圈上不动了。

三人将信将疑，心想真仙假仙明天就见分晓。回到旅馆还未坐定，订票人闯了进来："很抱歉，27号的票没买上，我自己做主给你们买28号的，各位老师，实在抱歉。"韩羽三人惊得大眼瞪小眼，半天没倒过气来，订票人吓坏了，以为三位老师气急攻心，道歉了半个晚上。

回到北方，韩羽也曾用此方法请碟仙，无论多么诚恳的呼叫，碟仙就是不来。信不信由你，反正有些事"还真不好解释"。

众口难调
奥运开幕式之议

Pin yi xuan tai
pinyi culture
采访 / 许晓丹

冯骥才：张艺谋是做这个开幕式最合适的人选
陈传席：缺少阳刚大气和激烈的节奏
吴悦石：开幕式为推广中国经典文化开了一个头
陈丹青：开幕式本该"一个原则，各自表达"
许宏泉：人多不等于表现出了文化的"大"

按：北京奥运会开幕式自8月8日呈现以来引发了来自各个领域尤其是文艺界的种种批评。本期《品逸轩台》中几位先生的观点很有代表性，希望通过他们不同的思想与视觉角度对开幕式进行的剖析，使读者从中审视民族文化的奥义。

冯骥才 中国文联副主席 著名作家、画家

　　这次北京奥运开幕式不错，如果满分是100分的话，我认为可以给开幕式打95分以上。张艺谋是做这个开幕式最合适的人选，一方面他对国际视角比较了解，清楚什么样的中国符号可以被外部接受，另一方面也比较善于运用中国元素造成视觉冲击。

　　整个开幕式抓住了中国文化的精髓，其中的活字印刷表演最有代表性。在中国文化中，"和"字起了很重要的作用。这个"和"有两方面的内涵，一是天人之"和"，另一个是人际之"和"，中国所有的民间文化和民俗最终都是要创造一个"和"。另外，"礼"的概念的运用也很出色。尤其是丝绸之路在开幕式中的出现是十分恰当的，这条路在中国与世界的沟通中起到了重要的作用，而人类的文明是由包括中华文明在内的几大文明共同创造的，因此中国与世界的关系就格外重要。这场开幕式中既有宏大叙事，又有宁静古典，比如古琴的演奏。现代与传统的结合

也不错，比如用舞蹈画出笔道来表现山水和太阳，这些是很现代的东西，但和传统的结合比较好。

所有表演中我对"卷轴"的运用印象最深，因为中国文化博大精深，不同的朝代有不同的文化，而这个卷轴就可以通过投下不同的画面，将这些不同的文化贯穿起来，形成一幅中国文化的历史画卷，向世界打开中国五千年的历史。而那幅画卷最

也许我们对于北京奥运开幕式的期望值太高了，看完了后才大大失望了。总的来说，有新意，但缺少阳刚大气和激烈的节奏，没有任何一处能激动人心。

开始一段2008人的击缶，那阵式一出现，我就准备自豪，但接下来，无论从表演，从音乐，皆无甚惊人效果，导演者知道中国古代有击缶，还算

终由现代的孩子用笑脸完成，也表达了历史画卷延续到今天的寓意。

总体来说，这场开幕式向世界展示了中国人的自信、朝气和创造力；还展现了对世界开放、亲和的心态，这点很重要，我们不是要夸耀自己的成就，而是要与世界寻求理解和沟通；此外，人性的因素也得到比较充分的重视。这些都可以代表北京乃至中国在这些年来的变化。

陈传席 人民大学徐悲鸿艺术学院教授 著名美术批评家

有点文化，但缶是小口大腹的瓦罐式，也不是平板器。而且2008人的击缶而歌，那歌声也未能激动人心。那中国画卷的徐徐展开，确有中国特色，我又准备喝彩，但那三名演员用身体手指作画，也太不伦不类，我这个从事绘画专业的人看了也莫名其妙。所以，也无法激动，彩也未喝成。由演员扮演的孔子三千弟子手持竹简（书卷）高声吟唱 "四海之内，皆兄弟也" "有朋自远方来，不亦乐乎？" 当然很好，但又无孔子，而且除了"人海战术"外，也未见激动人心处。当纸张未出现前，中国已

有竹简书籍，这"籍"和"簿"字就是"竹"字头，表明了中国文化的先进性，理应好好表现，但似乎表现得不太理想。

活字印刷的表演，既像古代的活字字盘，又像现在的电脑键盘，构思很好，但却没有体现出活字成书的效果，人类有了书籍，文化才能以更快的普及，社会才更快的发展，仅表演了活字，未成书，观者能否理解呢？所以，仍不尽如人意。礼乐一节，两名演员柔声合唱，地面上五幅长画卷《游春图》、《清明上河图》、《大驾卤簿图》、《明宪宗元宵行乐图》、《乾隆八旬万寿图卷》，大部分人都没看出来，似乎也是个问题。

但最大的问题还是缺少阳刚大气和激烈的节奏。抒情性和阴柔清淡，也是需要的，个人在家中弹弹琴，哼哼小曲，当然以淡雅轻松为佳，但举世震动的奥运会上，就应该以阳刚大气、磅礴振奋为主。九岁女孩唱《歌唱祖国》以及刘欢的《我和你》，从内容到艺术都是很好的，歌声很悠扬，很抒情。但这个时候更需要黄钟大吕，铿锵有力，地动山摇。二八女郎执红牙板，歌"扬柳岸，晓风残月"，不宜在此时，此时需要的是：关东大汉，执铜铁板，唱"大江东去"。就连钢琴家和一名五岁小女孩弹的钢琴，还不如平时电视上的一般表现令人振奋。几个演员作手势放鸽，固有创意，但如果真的放飞2008只白鸽，在天空飞翔，其气氛、效果也许更好。创意诚可贵，气氛价更高。

也许有人说，有些情节不宜阳刚大气，那错了。而且导演的选择也体现出文化性。如果要展示古代的中国，"茫茫禹迹，画为九州"，应该从大禹治水开始，洪水滔滔，大禹奉命率从治水，画疏河道，将中国画为九州，体现中国的版图，黄河、淮河、长江等河道……这样既有气势，又有激烈的节奏，又展现中国的地貌特点。孔子及三千弟子、竹简书籍、四大发明，应该有，但如何表现？"稷下之学"也应该表现，那体现了中国两千五百年前，就有充分的民主、言论自由和百家争鸣、百花齐放的局面，也容易表现出阳刚大气和激烈的节奏……

开幕大进行中和结束后，台上的各类观众反响也似乎都很平淡，有的很木然，鲜有强烈的、激动的反响神情，而我手机里接到的都是不满意的短信。也许有人说这已经很好，但我希望更好。因为我们是具有悠久文化历史的大国。

吴悦石： 著名画家 中国国际文化交流中心理事

张艺谋在开幕式中把中国传统文化中最有代表性、最有说服力的，而且是最雅的文化（儒家思想）给捻了出来。中国近现代是向西方学习，谈不上自己的现代文明，而通过这样大规模的集体表演形式将经典文化气势磅礴地呈现了出来，应该是第一次。自光绪以后政界、学界对于儒家思想基本持否定态度，五四的口号是"打到孔家店"，五四之后就连提也不提了。这次我们把孔子思想中最经典的一部分拿出来，比如

冯骥才

陈传席

吴悦石

表演中三千人齐声朗诵《论语》的经典"有朋自远方来，不亦乐乎"、"礼之用，和为贵"等，这些都是一个和谐社会人与人相处的根本道理，是中国人自古以来继承的一种思想。这次表演的中心思想基本上就是我们的古代文明，表演中无论是击缶、吟诵论语还是展现印刷术等节目，都是为了表现这一主题，并向世界人民来展现。

开幕式中很多的文化内涵也许不是所有人都能理解或认同，这十分正常的。从文化专业角度去看，当然有可以挑剔说道的地方，如果人们从各自的角度去评论，一百个人可以挑出一百条以上的毛病。比如昆曲表演的举手投足是看不见的，京剧和提线木偶表演也是看不清的，这些表演在以前都是以堂会的形式演出，亲朋好友聚在一起欣赏，演员可以慢慢唱、唱半天，一唱三叹，哼三分钟也没关系。那么大型表演就不同了，几万人在体育馆里看表演，无论如何也细致不起来。因此许多细节不可能尽善尽美。那些计较一枝一叶、窥一斑不知全豹的说法多流于一家之言，难免是有失客观的偏见。

虽然这一个多小时的演出，就中国文化中的某个点来做介绍也嫌不足，然为推广中国经典文化却开了一个好头。今后还需要学者和有关方面的文化人多做一些工作，通过梳理每一个细节继续推广完善。若是大家寄希望于一个演出就能将中国文化如何如何，这是很不现实的事。我们一定要有足够的胸怀看到它所揭示的主题，在表演中不但切合目前国际的准则还能体现出中国传统文化优秀的思想，我觉得大家应该给予很高的评价。

总的来说，这是一个国际性运动会的开幕式，从现场来讲，有中国传统文化特点、气势恢宏、很能感动人，这就是成功。

陈丹青 著名画家

北京奥运开幕的场面很庞大，我容易被庞大的场面吸引。拿破仑说"大就是美"。开幕式的定义大概就是持续制造惊讶。我避开8日开幕式，但前面三场彩排都去了，在后台瞎转，听场上几万人一阵一阵惊呼。

表演中贯穿全场的"长轴画卷"完全不是我的主意。去年元月我给叫去开幕式团队，画卷方案早在2006年就定了。说来有意思，张艺谋坚持反对过多影像，说不能让大家来看电影；我却不主张在体育场凸现绘画的美学。整场表演从画轴展开、变化，是有新意，但我很难摆脱对画轴的传统想象。进鸟巢后我第一次看到大画轴，忽然发现另一种效果出现了：那不再是"长轴画"，而是巨大的电子设施和钢铁装置，椭圆形体育场中间需要刚硬的直线，给出均衡、张力。现在这个装置"表意"画轴，画轴又"表意"中国历史斯文的一脉，"斯文的中国"此前从未被大规模表现过。它出现在影视和舞台会廉价，却适宜平面广场。开幕式是广场表演，全程暴露，电影靠剪辑，开幕式自始至终众目睽睽，上万人进场、退场、调度，本身就是效果。画轴使广场出现另一个空间，兼具"能指"和"所指"，它"指"的是"历史"，同时又成为聚散的形式与框架。

有一些人的印象是，开幕式演出前半部分还不错，后半部分就变成春晚的感觉了。可是你说下半场怎么弄？革命？现在回避都来不及；建设？难道表现青藏铁路？三峡工程？卫星上天？改革开放？百年来中国一切新玩意儿全是西方的。所以下半场能够图个热闹、气氛，譬如电子团体操之类。最后的大地球是英国人马克设计的，必须有个世界意象、娱乐性质，然后大团圆，此外你说还能怎样？广场表演不是历史课。古代部分弄成这样浓缩，也好不容易。谁都可以插嘴，谁都一堆高见，可要变成表演，变成场面，你怎么弄？张艺谋面对一万个反对意见或聪明想法，只要他问：你说怎么办？对方就闷了。他自己许多方案一实施，效果不对，立刻否决。

也有人觉得开幕式演出里体育似乎被淡化了，注意力全部在中国文化、中国精神的体现上，没有跟奥运精神去发生联系。但其实除了希腊，所有国家举办奥运开幕式都是麻烦。亚洲人尤其麻烦。日本弄点扇子，韩国人弄点击鼓，印度人弄什么呢？中国人念念《论语》。是的，和体育毫无关系，可是开幕式本该"一个原则，各自表达"，本来就是一狂欢嘛，全场一惊一乍就是大功告成。每次运动员进场我就感动：人类不闹了，暂时不提飞弹原子弹，各色人等疯了似的集体暴走，无缘无故傻笑，挥手，做怪脸，抖几下子，此外你说说看，奥运精神是什么？

许宏泉 《神州国光》主编 艺术批评家

运动会其实就是大众的娱乐，我们没有必要太神化它。开幕式，也就是一场大欢聚，作为观众，我们指三道四，也就是表达一下个人的感受，当然是可以的。中国奥运的主题是"人文"。

而我们现在一说文化，其取向就是弘扬五千年的中华文明，这次的开幕式自然会牢牢抓紧这一主题。表演的艺术水准"无与伦比"，也体现了泱泱大国的特点："人多"。不过人多不等于表现出了文化之"大"，在中国文化里"大"的极致是"大象无形"、"以少胜多"，而且这种"大"的东西体现在一种精神和文化的内涵里面。我觉得这个开幕式只给了"多"的感觉而不是真正的"大"。这场表演与张艺谋电影中的风格一致，有一种延续性，感觉还是迷恋于一种文化传统里的小的门道，这种小却又不是精深，像摆地摊卖古董似的一味灌输我们的所谓文化，却无法让观众进入情境，尤其是外国人。他所表现的还是在一些小的环节里面的趣味，体现不出那种恢宏的气势和历史的厚度。想要表现的太多、太零碎，更重要的还是"太土"，面面俱到反而什么都没突出，看完以后没有给人印象深刻的闪光点。

我的第二个感觉：整个晚会作为奥运会开幕式表演来说离体育的精神相去甚远，没有体现体育与人之间的那种关系。还是延续张艺谋电影的做派，张扬他所以为的中华文化。相比之下希腊的取火仪式给人的感觉是那么的幽远而神圣，没有宏大的场面，但就是能让观众进入那种文化情境中去。我们太注重表面的形式，过多地利用一些技巧，仅有现代化的科技没有现代的思维只会使得文化太过于表面、肤浅，"张艺谋式"的文化自恋又一次毕露无遗。

而这次作为下届东道主的伦敦的简短表演，一气呵成，很真实，也不会大动干戈，劳民伤财。

陈丹青

许宏泉

三代、秦汉人制玉，古雅不烦，无意肖形而物趣自具，若宋人制玉，则刻意模拟，虽能发古之巧，而古雅之气已索然。

（明·张应文）

古 玉 （品逸公司藏）

雀巢语屑续录

Shou cang yi shi
pinyi culture

文 / 唐吟方

陈半丁藏有袁枚79岁《祝丽川中丞五十寿诗》诗稿，曾请章士钊、叶恭绰作跋。章跋尤趣，其云："袁公晚年真实笔墨，都盖有'存斋的笔'四字印章，此册却无有，或者疑之，吾以为不必疑，诗好字佳，固此公衰年奇迹也。"跋文既指陈袁枚真笔所有特征，忽又言不必致疑，竟以"诗好字佳，固此公衰年奇迹也"，下语备极离奇。

文革后期，丰子恺可以偷偷作画，惧外人知道，寄画与儿子新枚，信中约定将"画"称作"语录"，以防检查。

丰子恺文革中连续挨批斗，再无心问津文艺，一度曾将部分自用印章充作玩具供小孩子玩耍。子恺弟子胡治均闻之，至城隍庙购得滑石雕成的小猿、小鸡等换出数枚原印。此后一直藏胡氏处。

钱镜塘藏明代名人尺牍，2002年以990万元易主。该尺牍作者小传均由嘉兴倪禹功恭楷书出。倪禹恭（1911—1964），字功，号昌濬，1937年客居上海，从事书画鉴定及修复工作，与徐森玉、沙孟海、朱其石、吴湖帆、钱镜塘常相过从，有《嘉秀近代画人搜铨》一书行世。闻建国后钱镜塘向上博、浙博，嘉兴、海宁博物馆捐赠书画，作品上作者小传并书写俱出倪氏之手。倪氏亦能作山水，有晚清人笔墨之意。

钱镜塘晚年频有应酬，而彼不善大字，遇有此类酬酢，辄请钱君匋代笔。镜塘早中年题古书画小字，则由秀州倪禹功任其事。

唐云所藏拓片，从来不装裱，若要悬挂欣赏，只用另纸粘贴拓片四周空余部位，墨拓部分任其起伏隐现。人问何故不裱褙？彼云：墨拓之趣，贵在凹凸之间，若抚平，何味之有。唐云从鉴赏、趣味着手，处理墨拓，可谓发前人之未有，其妙处另有一功。

唐云好藏碑帖，彼性情开朗，藏品从不自秘，遇良朋来，即开箧取共赏。外出常以碑帖自随，或自赏或赏于人。渠供职上海中国画院，同仁多风雅士，知唐云家多碑帖，时时观赏，且效古人法，或留题或钤印，以示曾观。故唐云家传世碑帖，人气最旺，名士经手，朱墨相映，灿然成章。

董寿平喜将宣纸置阳台，一任吹晒。寿平言此一道程序能去纸之性子，其意如江南人所谓的去宣纸火气。其不喜用漂白过的宣纸，最好本色宣，云其色泽古雅，纸中推重皮纸。傅抱石、钱松岩用皮纸作画，引为知音。

王伯敏晚年效法古人，特在家中辟专柜放置自著各类著作，尤嫌不足，乃倩广告公司作"王伯敏著作专柜"牌标之。

董桥好收藏，所收近现代诸家小品甚可观，如徐悲鸿画赠孙多慈寿桃、李家应水鸭，着笔不多，自成佳致，又如颜文樑的风景扇面等。自著随笔集《白描》、《小风景》，以珍藏小品为插图，与其美文相耀成辉。董桥于当代印人独青睐徐云叔，其自用印屡屡请云叔凿之。

董桥每周为《苹果日报》写专栏，期年文章必由香港牛津汇成一集。今秋（2007）余以《古韵今芬—唐吟方和他的师友们》展览图录寄奉董

近现代　唐云　花鸟

桥，收到后，董先生即以2007版新书《今朝风日好》回赠。扉页题曰：喜得吟方仁兄《古韵今芬》一册，拥玉抛砖，谨以此书致谢。董先生只用一句话，将收书、送书、致谢三层意思交待得清清楚楚，不愧海内文章宗伯。

郭石夫
Guo Shi fu

郭石夫，1945年生于北京，祖籍天津。当代著名大写意花鸟画家，北京画院艺术委员会委员，北京市美术高级职称评审委员会委员。中国美术家协会会员，国家一级美术师。

瀚郁淋漓真写意

Pin yi ju jiao
pinyi culture
文 / 梅墨生

中国画创作已经越来越丧失其中国画的内蕴与气质了，这是许多关注传统绘画命运人士的共识。百年中国，不仅物质世界日新月异，精神文化领域也是天翻地覆。中国画作为艺术，诞生于华夏民族悠久之历史，积淀与民族文化古老之文明，凝聚于中国人朴实简淡之心理，以传统学术文化为底蕴，以刚健清新、浑厚博大之山川造化为孕育，自有理气意趣、阴阳刚柔、虚实动静之妙旨，体大脉深，文采焕然。其抽象观艺文合天、文察时变，其具体观则意韵悠长而笔墨精妙、气质空华、蔚为大观，览之历史，则云蒸霞蔚、精彩纷呈，有不可尽以言喻之人文表达在焉！夫一民族文化之得以绵延数千年而不绝，其精神价值弥足珍视，其文化心理亦足公待，岂可因西风东渐而数典忘祖，因欧风美雨便弃祖离宗，置古典于博物馆，而弃传统如敝履哉。

能于时尚中立定精神、深入传统而求新意者，实为中国画艺术之希望。画家郭石夫先生或其中之一员乎？

郭石夫的中国画，味正气足、瀚郁淋漓、大大方方，是纯粹的中国写意画。我以为，世间之物不外乎"纯"与"杂"二类。"杂"不见得不好，比之食品可杂食，颇合养生之道；比之学问可杂家，通识广亦启人智。衡以画艺之中，如林风眠绘画之杂糅民间艺术与文人情调、中国水墨与西画构图韵而成一体，如李可染、蒋兆和绘画之兼融中西大量借鉴素描与光影自成面目，都是成功的例子。而吴昌硕、齐白石、黄宾虹、潘天寿、李苦禅、石壶、陆俨少等人之绘画接续文人画脉，香火传灯，虽有个性，风格强烈，但在"纯"性上保持得干脆。则，杂与纯皆有好画不言而喻。

郭石夫专攻花鸟，总体而言亦属延续文人画写意一宗，来路清晰，法统地道，概属"纯"之一类。其画重视骨线，讲究用墨、用心、气韵、格调、形式上合诗（跋）、书、画、印于一体，精神气息上灿烂而单纯、浑融而简赅，繁不至腻、简不至空、艳不失雅、新不失古，有传统气派和风神意象，特别是造型语言，重视神韵而不致画竹似芦似麻，不离表似而以神似为准绳，实纯然之中国画传统表现。他曾说："写意花鸟画中所讲的'笔墨'，不只是用来造型，而是在这一笔墨运行的过程中，体现着各体自然物和主体情感两方面的精神世界。"显然，认识是第一位的。没有这种清醒而冷静的认识，郭石夫是画不出地道的中国画来的。

他推崇历史花鸟画大师，尤对徐渭、八大、吴昌硕、齐白石、潘天寿、李苦禅深为服膺，并多年细心揣摩，研究诸家之优长特点，终于走出前人范围而有所独树。检视当代画坛，能够保持和发展中国写意画派传统者已属寥寥，郭石夫无疑当之无愧而为其中一个中坚存在。他出生在一个京剧世家，早年深受传统文化艺术熏陶，后又曾受教于京城名流郭风惠、李苦禅等先生，眼光开阔而脚步坚实，其成功自非偶然所致。他的京剧演唱当行地道，后终于归到写意画行中。因此，他善于将京剧表演艺术的意韵与手法借入写意画中，旁敲侧击，自出清响。

郭石夫先生修养全面，不仅在中青一代画家中为佼佼，在年长一辈中亦不稍逊。他不仅精于戏能为文，亦善书，通篆刻，好读文史哲美书籍，勤奋向艺，不忘修文。因此，他的花鸟画日益走向成熟和典型，形成风格，卓然不群。其淋漓奔放、苍古朴拙，正与吴昌硕、赵之谦、齐白石、潘天寿、李苦禅、朱屺瞻相联系，一脉相接。他作画胆大气沉，落笔重而收拾细，用心放而能敛，率率真真，却也不失谨慎斟酌，自具匠心。所以，我私意以为他的日受瞩目也在情理之中。

诚然，君子无伪言。我以为，郭石夫绘画也不是没有值得注意之处。作为年小画友，我曾建议他不妨向沉静、凝炼回归一下，然后再走向灿烂、热烈，或许又是一番新异境界。质之郭先生与同道，或以为然否？

郭石夫 拟徐文长笔意 纸本水墨 68cm×136cm 2007年

早于梅雪
晚于桃李
凌寒冰清雪肌肤
姑射来明月
痕霜中夜梵
画杨青女
娜细丁亥天寒时节石夫

郭石夫　双清图　纸本设色　68cm×136cm　2007年

郭石夫　古雪魂　纸本水墨　68cm×136cm　2007年

葡萄吐美珠流暖尽在他人口裏嘗曠觀了知句口字季仲宵石志時季三十又三

郭石夫 葡萄味美 纸本水水墨 68cm×136cm 2008年

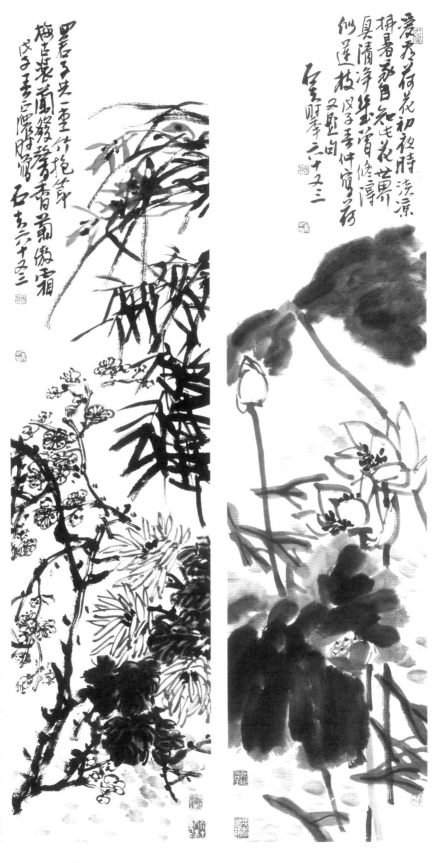

郭石夫　荷花初夜　纸本水墨　68cm×136cm　2008年

郭石夫　四君子图　纸本水墨　68cm×136cm　2008年

枝篁

戏语

品四品

于壬午

孤底稻出春

寂寞無人采

洞底此间自往开

壬午秋後红心写

062 | pin yi culture

郭石夫　兰竹图　纸本水墨　68cm×136cm　2005年
郭石夫　猫石图　纸本水墨　68cm×68cm　1991年
郭石夫　竹石图　纸本水墨　34cm×136cm　2005年

郭石夫　菊石图　纸本设色　34cm×136cm　2005年

郭石夫　杜鹃报春　纸本设色　34cm×136cm　2005年
郭石夫　牡丹图　纸本设色　34cm×136cm　2005年

郭石夫　人间春瘦　纸本设色　68cm×45cm　1999年

郭石夫　食此长年　纸本设色　68cm×45cm　1999年

郭石夫　芳园盈春　纸本设色　34cm×136cm　2005年

逢山兀是不知秋卻
笑人間事三遷
擬陳撰筆意
石瘦

金生長生
石壽

火鶴生異域　不知何時引種　園內金花君　友人以送來　是時湘之　戊子夏　汶川地震　前一百字乎圈子記　念之石夫六十三　於京華

郭石夫　火鹤生香　纸本设色　34cm×136cm　2008年

郭石夫　今朝初见洛阳春　纸本设色　34cm×136cm　2005年

郭石夫　写出篱菊片片秋　纸本设色　34cm×136cm　2005年

張旭光
Zhang Xu guang

字散云，1955年10月出生，河
北安新县人，现任中国书法家协
会分党组成员、副秘书长，中国

新帖学价值范式的确立

Pin yi ju jiao
pinyi culture

文 / 姜寿田

在当代帖学转换中，张旭光无疑是一个开风气之先的人物。他以自身对二王帖学的深入研悟和卓荦实践将当代帖学的实践与认识水平推到一个新的境地。有理由认为，当代书法的历史性演进在很大程度上已取决于帖学在当代的进展，这也同时使得帖学复兴面临着一个自清代碑学以来难得的书史机遇。

清代的笼罩性影响，使得整个近现代书法史都处于碑学的整体笼罩之下，碑学对帖学的贬抑使人们形成一个帖学失效的集体无意识，似乎帖学只能是碑学的附庸，只能在碑学的范式内提供有限的资源，而任何帖学独立范式的重建都会被视作复古的企图，这种深层心理牢固地支配着现当代书家，造成一种偏狭心理，以至在当代某些书家心底，帖学仍是保守的象征，因而提倡帖学就是对创新和多元主义的背叛，似乎多元主义与激进主义等同，只有碑学和民间化价值取向才符合创新与多元主义的题旨。

这当然不能不说是对帖学历史的误读。事实上，帖学的衰败并不是由帖学自身造成的，碑学所强加给帖学的种种罪责并不能由帖学本身负责。有理由相信，如果不是赵、董对帖学的误读，抑或不是清人入主中原，打断了晚明帖学复兴的启蒙主义思潮，以程朱理学取代心学，强化书法领域的理学统治，并以赵、董作为官方帖学的最高范式，最终消解了以王铎、倪元璐、黄道周、傅山为代表的明末清初表现主义帖学，帖学自身无疑将继魏晋二王之后又臻至一新的高峰，而整个近现代帖学史也将重写，同时，清代碑学取代帖学的历史也将重写。

从这样一种历史谱系的重读，我们对帖学的认识将会获得一个长时段的新的

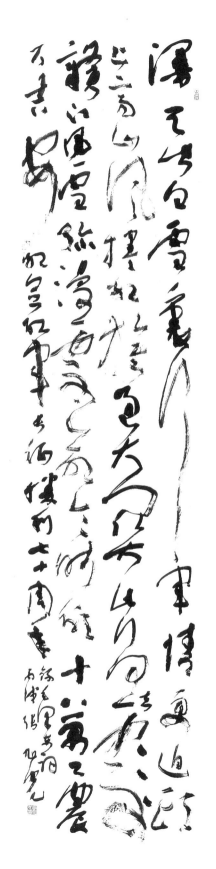

历史眼光。同时也将会使我们从碑学范式的即时性释读中走出。毕竟碑学的历史是非常短的，从乾嘉至当代，也只有200年历史。我们为何不能走出碑学的遮蔽误读而开创新的帖学视野呢？难道帖学将被裁定永远处于被支配的历史地位吗？

碑学的历史已然作出否定性回答。碑学的危机正是依靠帖学得以化解。当碑学由于邓石如、陶濬宣、李瑞清、曾熙等的片面化强调而以北碑为唯一正宗，从而导致帖学全面衰微，以至京朝士大夫皆不谙行书，连书信都施以正楷之际，恰恰是帖学的重新引入碑学，才得以挽碑学危机狂澜于既倒。何绍基、赵之谦、沈曾植、康有为、吴昌硕、于右任走的无不是碑帖结合之路。碑学以极端性立身，而以圆融性求得变通。清末民初以降，以北碑为唯一正宗的碑学观念已被降解，碑帖融合成书家的普遍选择。

20世纪80年代以来，碑帖对立的观念愈加淡化，但不容回避的是，后碑学所导致的民间化书法取向和风格至上的唯意志主义风气的光大遍至，使倾向于视觉造型的碑学相比于帖学仍处于压倒的优势，从而也使得帖学仍处于边缘化地位。在书坛风格主义处于鼎盛时期，造型取代笔法成为当代书法价值的中心，这在很大程度上造成书法的空心化。风格的泛滥导致当代书法无力在有难度的书法史这一层面确立自身的价值，以至有论者不无深刻地指出，当代书法是一个无法的时代，而典型标志就是笔法的沦丧。

而这一切无疑与近现代以来长期对帖学的漠视和贬抑有关。对帖学的忽视导致当代书法的平面化延展，无力将当代书法提升到超越性层面，也正是在这一书法背景下，反思碑学与重估碑学价值便构成当代书法的学理化转换。有理由相信，这与权利话语的递交无关，而是当代书法史的本体自律，即使有很多书家对此怀有歧解也罢。

张旭光的帖学实践与帖学倡导，显示出当代帖学向经典回归的努力，但这种回归并不是保守主义的，而是在沉入经典和文化认同的基础上，在更宏大的书史维度上谋求当代书法的价值坐标。就如他所言，没有文化的书法永远不是书法，这种书法的人文主义关怀是在当代书法的大众化喧嚣中久已丧失的。

我认为在当代帖学转换中有三种帖学解经模式并存。一种是以学院化形式视觉分析与民间书法结合模式；另一种是以单元训练和写实临摹为主旨的帖学模式；再一种是以传统笔法破译为旨归的帖学模式。这三种帖学解读模式皆对当代帖学的创新具有开拓意义，并对新帖学的建构具有推动性作用，但问题在于，这三种帖学解读模式皆过于关注帖学本身，而没有将帖学创作主体与当代书法审美精神建构相整合。张旭光写意帖学观念的提出和新帖学释读模式的出现为当代帖学的转换建立起一个生长点。

张旭光是当代书坛以入古著称的人物。对二王书法的深入研悟，给他带来双重命运。一是对魏晋二王的深入洞悉与把握使他具有傲人的资本，但同时紧接下来又使其面临巨大的创作压力。帖学的经典范式笼罩使任何一个想在帖学领域获得创造性表现的书家都无法不感到沉重。但帖学历史表明，帖学除去维持书史发展动力的核心价值外，其创造性价值始终表现在自身的不断超越性建构中。

无论如何，张旭光写意帖学的提出和倡导都使他建立起一个价值坐标。这个坐标的当代意义虽然还有待历史的检验，但就个体价值而言，却使他拥有了与现当代帖学大家迥然不同的审美取向和书史基点，并进而产生了强烈的当代史效应。张旭光的卓荦之处在于，他始终以开放的书史立场来审视二王帖学，他没有以复古主义和保守主义的心态来认识与把握二王帖学，而是力图将二王帖学与当代主体精神结合起来，并表现出博大、雄浑、浪漫的汉唐气象，因而晋唐一体化成为他帖学实践的一种内在追求，同时，将帖学与当代审美精神结合，将现代美学的构成，情感表现融入帖学也成为他写意帖学的一个主旨。

张旭光帖学以《圣教序》为基，融合王羲之手札及《伯远帖》，王献之今草，并撷取汉碑颜鲁公雄浑博大气象，将韵与势，神与意有机融合，同时又屦入今人林散之、白蕉、徐悲鸿笔意，尤其在水墨化用和线条的营构上更具创造性。他的线条具有强烈的塑造感，他在对二王绞转笔法深入理解把握的基础上通过对水墨的运用控制使其线条的营构具有了二维空间感，这是为一般习

帖者所不及的。在对《圣教序》深入研悟的基础上他还提出了二王书法的结构闭合性规律，虽然他没有公开阐释他发现的这一二王书法结体规律，但这无疑与王羲之内撅笔法有关。相对而言王羲之的内撅笔法的"闭"，王献之外拓笔法则是"开"，他的开张结构，融入雄浑外拓的结构与笔势，将王献之草书的长线条化入二王手札，皆表明他力图在王羲之闭合性内撅结构中，融入外拓笔意，以求得写意帖学精神的发挥。张旭光正是沿此以进，建立起雄浑的具有强烈主体表现性的新帖学书风。这种表现主义帖学为当代帖学建立起主体性结构，使当代帖学能够在新的审美精神感召下，融入当代人文风范与审美节奏。一切历史都是当代史，帖学的价值也始终体现在它的挑战与突破机制上，书法史上真正意义上的帖学大师如怀素、米芾、王铎无不是在逆向的反叛式继承中完成了对二王帖学的伟大传承与超越，而赵孟頫、董其昌则因其始终将二王帖学视作膜拜的对象，以至最终断送了帖学。

当代新帖学的出现，标志着当代帖学的全面复兴，同时也表明，继近现代帖学的历史低潮和碑学的强势笼罩后，当代帖学开始走出历史低谷。当代书法的存在危机表明复兴帖学是当代书法走出困境谋求历史超越发展的必然途径，同时帖学的多元化实践也表明当代帖学不是对二王帖学的简单继承，而是整合性的多方位的历史超越。在当代帖学的整体价值转换中，张旭光的帖学实践价值无疑将随着当代书史的推进日益显示出来。

张旭光 草书 68cm×136cm 2008年

张旭光　隶书　对联　2008年

张旭光　行书　68cm×136cm　2008年
张旭光　行书　68cm×136cm　2008年

张旭光　草书

120cm×200cm　2008年

张旭光 草书 50cm×86cm 2008年

张旭光　草书　50cm×86cm　2008年

張旭光　草书　50cm×86cm　2008年

张旭光 草书 120cm×200cm 2008年

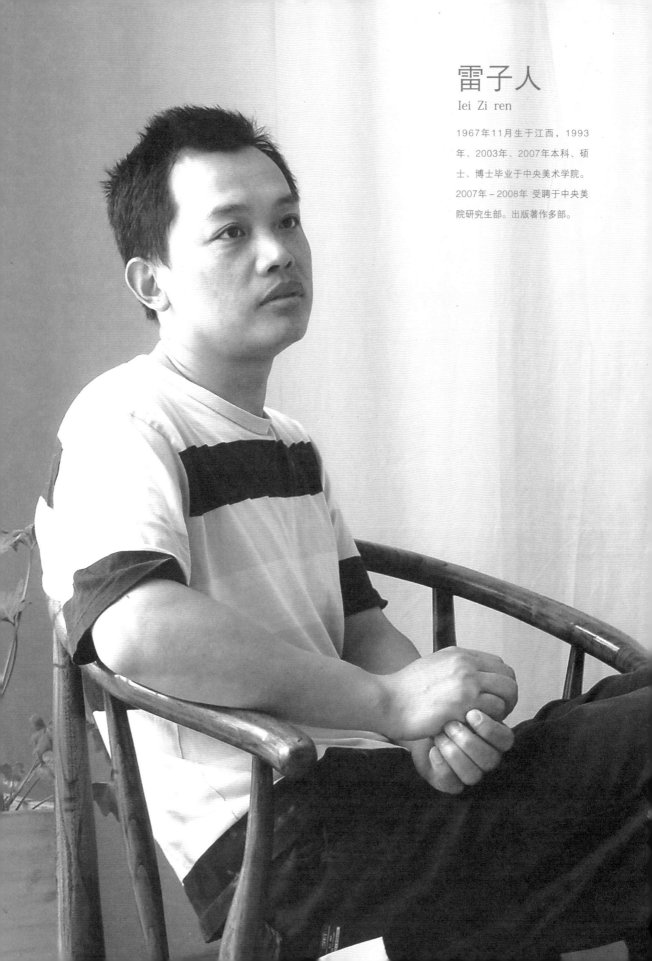

雷子人

Iei Zi ren

1967年11月生于江西，1993
年、2003年、2007年本科、硕
士、博士毕业于中央美术学院。
2007年－2008年 受聘于中央美
院研究生部。出版著作多部。

盲言

Pin yi ju jiao
pinyi culture
文 / 雷子人

泪 水

人本来都可爱。投胎落地除哭之外，人人还都有笑的本能。只是慢慢地哭之笑之皆顾及缘由，便委婉了些，含蓄了些，甚至谋略了些。

因而很多的哭不像哭，挤兑出来的泪不及眼药水值钱，抑或真流出伤心的泪，如哭姿不好，哭得让人心烦。很多的笑也不像笑，强拉出来的皱褶被呆滞或阴暗的瞳孔抢了风光；有些笑倒是开怀的，却令人心里发毛。

哭笑原本有因，该哭的时候不哭会让人觉得冷漠、没有同情心、铁石心肠，或说是不懂礼仪孝道，或谓之不通世故人情；该笑的时候不笑，会被人误认为城府太深、假扮深沉，由此不被周围懂得说笑的人接纳，好端端一份内心的渴望燃烧不出激情，渐渐也就被爱逗乐的人疏远了。一滴泪因此像大海一样深邃得难解难分。

其实，有谁不曾哭过、笑过呢？有人说窃喜为怀、遮掩不住乐得浑身抖动都叫幸福。痛苦也常常借由泪水。

落到画里的泪不过是一滴水，画中人哭笑更像而自在。

觉 悟

害怕连续遭遇困乏的时日，赶巧雨落珠帘，便知是凄苦。若惺惺的能触摸一缕阳光，虽则在温暖片刻思绪，亦是惆怅的，困乏在狭小的空间有一种膨胀感，心被强烈地压迫着，很累，我不愿意，对于这样已来临的一天会心生痛感。

看着一个为挪动一步之遥而执著费时费力的人，便知痛感是可见的。从一个端点到另一个端点，不是因为距离的长短，而是在于两端的边界。边界在努

自己的好恶、伪善。

　　凡是人做的事，都是生发出来的，事端中免不了好恶、伪善、互相磨擦、交混，生成更多的不好不恶、不伪不善，或者更好更恶，更伪更善，弄事者一代代故去，把好恶、伪善扔给了大地，一代代新人接续。不及一棵树，千年如一日，吐故常纳新。

　　苦痛总会不自觉地来，想让它自觉而去，心需要觉悟。以觉悟之心察绘事，其果不晦，其境则亮。

在美院

　　儿时有许多不着边际的梦，恍恍惚惚因梦而生发的理想，长大后看来还真就是些梦。在意天地到底有多高多宽纯然如梦。

　　在美院读博士与儿时的理想相距甚远。美院对造型类博士生的培养目标是学者型艺术家，这种崇高期待像看杯中茶叶与水叠映着的混合液体，让之前清水失去了另一种透明。

　　念念不忘的儿时理想完全可能早已变形，甚至大多在后来成长的岁月里根本就是些无意义的企图。在抵达事物边界的过程中因时光让存在有了错觉，以至于愿意将儿时的所谓理想无限延伸，甚至固执地以为后来的许多好运或不幸是源于起初的某些冲动。其实很多事烟消云散在昨天。

　　美好和奢望容易将人高高悬置，就像看天际的浮云，以为自己可以游走在那个世界。

　　认为一个画画博士的我与儿时那份天真梦想相关，是极为牵强的自设命题。同样，把考取中央美院看成是一种造化也纯属附会和夸张。如同一个点可以延伸成线，但并非就是指定的那根线，原点和线的末端本来就是两个不同的世界。把儿时梦想与就读美院乃至成为学者型艺术家看成是一根完整的线，完全是极端自我的快慰虚拟。

　　是什么让这种虚拟变得仿若真实？

　　十六年前，帅府园5号是一个极朴陋的美院所在地，曾经活跃着为数众多的绘画名星。在这样一块值得炫耀的狭小空间里，有谁不愿意在心中放飞儿时梦想呢！天天可见的熟悉面孔如杯中的清水，映照着京城温润的蓝天。在那样的氛围里生发做大艺术家的梦想并非不可思议或痴心妄想，那是一个让梦想生动和激发的年代；一个有着与儿时理想相枯荣的鲜活在场；一个人人为之描绘精彩并努力还原真实的朴素家园。

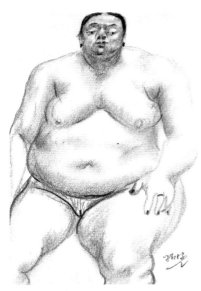

力靠近时无限延展，努力通常成为一种渴求。

　　我并不总能逃脱困乏，自知部分缘于劳累、困顿所致；部分源于目之所及，心之所动，多了些风景。心生了欲求，有欲便有苦，有苦必定要修正。不能将自己变成瞎子，即便假装不看、不听，那也只是假装的。试着听心，扑腾扑腾均匀而有规律，便想：兴许是可以平静下来的。看明白自己很难，但一定有用，至少能明了

后来美院迁址进驻二厂中转，我离开母校六年后重返校园读硕士。那些曾经熟悉的面孔不见了。临时校园的布局保留了几份老美院的不经意，若干新面孔鱼贯在视觉中。我对美院的陌生感竟然是残存在脑海中有关老美院的熟视印记，我甚至意识到那是我刻意而为的对这个陌生环境的期待和勾画。直到美院搬新家，我依然没有看清这个校园到底有多大，那些混同的边界始终令我黯然。社会各阶层的人类大聚居，老美院的群体画像不见了，像落嘤，只在天际留声。

新美院是用有历史感的灰色铺就的，活跃着更多怀揣儿时梦想的年轻学子，新美院的教学主楼门庭依然是那块曾挂在老美院U字楼入口的红底金字毛体大标牌，却很少像当年作为背景成为人们青睐的主题，它几乎是躲藏在新建筑的门槛下。更多的人包括旅游者，习惯选择岗哨外的那块镶刻着中英文校名的大水泥墙面留影存念。校园内偶尔能碰上几个老美院的老面孔，却怎么也映照不出那个曾经温润的蓝天。

老美院如同一个原点，连接在新美院的各个角落。帅府园5号已然是文物般在新校园入口处安放，从老美院移植来的几株古木在新校园葱绿的草坪上安祥地吐故纳新，一块数吨重的大卧石铭文着老美院新生的起点，原点和起点交织着新美院力图拥有老美院般的时间光谱，散落在成千未来画家的脸上。

有阳光照耀的新美院通常总是人迹稀少。只在为吸纳新生招考的日子里方显校园窘促，对每一个揣着梦想亲近这块艺术殿堂的人来说，老美院的那个原点早已被若干新生原点复盖了，这些点又将延伸到哪里呢？

美院是捕捉光环的圣地，青春年少时都期望这样的光环犹如荣耀降临。美院周边无以计数的造梦工厂日复一日、年复一年地厮守着各自的梦想，将原点连接在各自的端点，把一根根线拉得又细又长。

相比而言，新校园比老美院阔气了许多，我不能想象跨入这个校园的新人是否与当年穿行在老美院狭窄空间的新人一样对美院心生敬意。新美院空间大了，师生们大概也只能遥望着彼此的微笑，来不及相见就被各自

的梦想召唤回去了。

生活在美丽校园的年轻人不会因此而感伤。新新人类用更直观、更残酷的方式表达着内心的善良，一切繁文缛节被格式化后便自动删除了。审美如天光般直白，存在

只作为象征，以美院的身份出场就粉碎了一切丑恶——新美院依旧像磁铁般吸引着无数痴梦人。

在美院做梦再好不过了，只要以艺术的名义，梦在这里是可以转化为圣经的，有颂经人，更有信徒，一代一代忠诚地守护着艺术的家园，将梦神圣化需要艺术的灵性，艺术的灵光却不能照亮所有的追梦人。

新美院有一个漂亮的罗马式观礼台，像一个没有注水的大池。设计者或规划者理想的戏会不会与未来在这个舞台上的一幕幕重叠呢？这个舞台是一个真正的圆点，成为被看意味着要用仰视的目光回应掌声，阶梯看台至今仍空无一人。

张彦远《历代名画记阎立本》条载："太宗与待臣泛游春苑，池中有奇鸟，随波容与，上爱玩不已，召待从之臣歌咏之，急诏立本写貌，阁内传呼画师阎立本，立本时已为主爵郎中，奔走流汗，俯伏池侧，手挥丹素，目瞻座宾，不胜愧赧。退戒其子曰：我少好读书属辞，今独以丹青见知，躬厮役之务，辱莫大焉，尔宜深戒，勿习此艺。"学者型是否如阎立本"好读属辞"？就目前按博士学位的标准来衡量，一定是需要大量知识或理论作铺陈的，在知识与技艺之间的看重，眼下时局与阎立本之见大相径庭，以至于艺术圈里圈外普遍质疑：在画家头上冠以博士头衔有多大必要？身为主爵郎中的阎立本以"奔走流汗，俯伏池侧，手挥丹素"为辱，却实实在在用艺术的光辉照亮着后人。身份与本色自古分属在戏里戏外。

企图和梦想同样分属在被看的舞台。未来无数莘莘学子都可能有幸在新美院佩戴博士帽，用欣喜的眼光注目这引以为荣的泊来品，这同样可能是与原点对接的又一端点，帅府园5号不复存在的记忆将以怎样的方式延续？对泊来品的青睐抑或对帅府园5号的珍视都可能回归原点，不同的只是犹如儿时与长大后的梦想或期冀的不同归属。

温润的蓝天也许根本不需要用杯中的水去映照，人们乐于隔着杯子看蓝天，仅仅只是把心情寄托在一种飘忽的游戏中。天际的云，从来不可能对它有触觉。

做艺术 玩艺术

人总有犯难的时候，同样一个疑点，不同的人有不同的释疑之道。求艺者进进出出艺术圈，无非想寻一成形成器之妙法。师者掌握一法，便试图在众多弟子身上通用，学生敢怒不敢言。聪明的还能自我安慰：求其一法待日后备用；叫劲的学生干脆把两耳一堵，睁着眼"瞎"听。一"瞎"便折腾出许多事来，少不得任人评说，于老师于学生皆面面相嘘，也只好将各自的信念藏匿起来，不经意间有了是非恩怨。

大地上撒满了艺术的种子，人们便开始有所寄托，偏偏赶上调色的人多了，变成了万花筒，后来的人眼晕了、心烦了，都想努力恢复它的本色，等恢复过来又觉得乏味，就这么进进出出，出出进进。

做艺术与玩艺术本来没多大区别，职业化了，涉及到生存利益，拥护和批判便有了倾向，褒贬、毁誉在自我信念中漫天飞舞，争吵得喋喋不休。艺术本身成为挡箭牌，各路英雄占山为王，摇旗呐喊者各自投奔其所。经济时代，艺术作品有贵贱之分，水涨船高，艺术家也便有了身价，等比例缩放。逍遥者和失落者同在戏里穿梭，反反复复，让人欢喜让人忧。

艺术圈每天热闹非凡，戏里戏外你来我往，时儿火热，时儿冷漠。艺术家把尴尬演绎也得像艺术。

做艺术，玩艺术——真真假假让艺术史有了一片灰色地带，胆大的企望成器，胆小者唯恐落俗，竞相往里添枝加叶。

雷子人　范儿之六　纸本设色　79cm×49cm　2007年

半空樓閣把江山圖畫
一時收拾白鳥於飛
畫庭最好暮天碧
萬里西風百年人事
設倚闌干拍凝睇行
許揚州煙樹歷
應念老子年來
浮名浮利已作
虛空擲三徑月弄
活計又是飄棗為
客回首平生悵心雙
鬢客易此違惆
芹前一笑是由醉帖
款倒錄宋吳教甫贈沁月
載和沉魚落雁圖卷
畫意戊子年夏人

雷子人　沉魚落雁B卷（局部）　纸本设色　30cm×200cm　2008年

雷子人 范儿之五（局部） 纸本设色 79cm×49cm 2007年

雷子人　沉鱼落雁A卷　纸本设色　30cm×200cm　2008年

雷子人 暖丫之五（局部） 纸本设色 79cm×49cm 2007年
（右）雷子人 风月 纸本设色 79cm×49cm 2007年

宗唯原
Song Weiyuan

1957年出生于北京。1987年毕业
于中央美术学院国画系，并留校
任教。1990年赴日本留学。1991
年赴加拿大埃米列卡美术设计学
院讲学。2001年回国。
中央美术学院、人民大学徐悲鸿
美术学院客座教授。

犹自霜筠斗岁寒

Pin yi ju jiao
pinyi culture
文 / 张济平

真正的大学问家，其实心中是极坦诚的，不掩饰自己做人的本色，骨子里具有谦谦君子之风。

唯原先生，字胤儒。1984年中央美术学院中国画系毕业后留校任教。先生性情洒脱爽直，文思敏捷，目高于顶，于中国书画艺术见地独到。无论他的艺术思想和绘画实践，始终延续着一种纯粹的中国画路线。他提出的"中国画血统论"在中国美术界产生着重大的影响。在他的治学实践中，自觉不自觉地遵循着中国文人的情怀—执著、勤奋、严谨而不僵化、高标准的坚持自己的专业水平。这里所说的中国文人的情怀是指那些豁达、宽博又不乏忧国忧己的心境。这些品质充分融入了他的性格之中。为此，他可以淡定而宽容地对待世人乃至某些专业人士的不解及偏见。可以淡然地对待本属于自己的荣誉和地位，从而达到了超然乐道的境界。这与他在海外十余年游学、博览不无关系。

1991年开始，他侨居加拿大，身边聚集着一批来自大陆、台湾、海外的中国画家、京剧艺术家、音乐家及美术理论家。这期间，他对中国画的实践及理论进行了研习及再认识，对海内外中国画坛的发展给予了充分的关注，对中西方文化进行了较深层次的比较。在海外的十余年间，他饱览了美国、加拿大各大博物馆、美术院校及民间收藏家所收集的东西方美术

宋唯原　琼岛春荫　纸本设色　23.5cm×46cm　2006年

珍品。这使他对于中国画艺术的发展脉络、艺术规律及在世界文化中的地位有了更清晰更全面的认识。

中国绘画史上真正有成就的美术家，说到底应该是个脚踏实地的学者。平日对相关学科所做功课，超过他们直接用于研究绘画上的功夫。比如书法、文学、诗词、美术史、金石学等等。黄宾虹先生就是很好的范例。黄先生提出的"道咸画学中与"的观点，就足以说明他对美术史学、金石学及相关理论的研究与考证，是非常透彻的。

唯原先生在文字上下过大功夫，对魏晋间的文章诗词感觉颇深。故平日所写的随笔、题跋、游记、诗词等用词多平和质朴，感情真挚。每每多发奇想，令人见到其天真、之处。近日读到他题写的《野葡萄》一首七言古诗。

"攀岩缠树终无惧，粒粒珠矶不与人。"却是张骞傅旧种，时时私语'道出多少悠远与天真的心境，而"话沉沦"三字，又把我们带回到无限沧桑的世界。

唯原先生在国画界可谓之通才，书法、人物、山水诸方面，无所不精。他常常挂在口头上的一句话："美术应该是诚真的，不夹杂丝毫虚假的成分。"他在上课时为学生们做了大量的示范写生，但绝非是"奴隶般的忠实的再现物象"。画中充满主动性、表现性、且形神俱佳、洒脱飘逸、性格毕现。

在当今中国画坛上，能把人物写生，画的惟妙惟肖，刻画的精美绝伦的美术家大有人在，甚至可与西方绘画一争塑造之短长的画家也大有人在。但能在一张写生中充盈着中国传统的韵味，达到"通达法于画中，深厚沉郁，神与古会，以拙胜巧，以老取妍"者，却不多见。这与他几十年来在书法上所下的功夫是分不开的。

唯原先生于书法博览甚众，遍阅古今碑贴，尤其于秦汉、魏晋人间的书法着意最多，涉足弥深。对于碑贴间不同之短长各有评判，对各家各派均有卓识。观其书作中之题跋所透出的古朴之气，以及随章变化，不拘头角的气象，可以称得上"书肇自然"之境界了。由于书法上的成就达到了较高的境界，唯原先生的花鸟、山水画，也呈现出一种闲雅、飘逸的意境。他的花鸟画在笔墨之中浸润着徐渭的笔意，透露出石涛、八大的气息，但仍不失时代的精神。用笔丰富、墨色绚烂，给人一种清新、隽永的美感。

黄宾虹先生是近代山水画的大师，世人争相学之。然而黄宾虹先生创作的背后，那深厚的国学与书法底蕴、却很少有人下功夫研究。黄宾虹先生曾多次强调说"画源书法，先学书论、笔力上纸。能透纸背，以此做画必不浮浅"。"用笔之法，全在书诀中，有"一波三折"语，最是金丹。"

然世人学黄宾老的作品极少在书法上下功夫，学的东西全在毛皮之上。一次我给进修班的学生上课，一学生拿着他临的黄宾虹的书请我看，画面倒也有几分相似，但用笔寒塞满纸浮浅之气，也未曾到自然中、生活中去感受发现自然之美。我一气一急之下，脱口而出这样一句话，"如此学来，则是死路一条"。学生愕然，不知如何理解此事。其实我内心的话一时没有说透，至今想起此事，仍觉有些歉意。凡是有一定美术修养的人都不会提出学某家就一定要像某家的主张，但如果学习的结果是浮浅、不耐看、简单化，那一定是没有弄清某家的真谛。而唯原先生所画山水，从画面形势上看，也并非酷似黄宾老，然笔中味道，画中精神又绝似。一幅手掌大小的写生画，看上去感受之丰富是令人折服的。

唯原先生身边聚集着一批社会各界的朋友，平日来往甚密。文学界、京剧界、演艺界、企业界及侨居国外时的一些朋友，逢年过节或有闲暇之时大家聚聚，谈笑风生别有一番情致。所谓隔行如隔山，那些非专业人士

宋唯原　过水穿楼　纸本设色　11cm×17cm　2003年

的各界精英们，皆以为他终日是一个"玩"字。不是古琴，便是诗词，尤其是京剧得嫡脉名师真传。其唱腔作派、道白及台上台下风气在京剧圈内亦属名流。其实那些精英们哪里晓得，作为一个真正成功的中国画美术家，恰恰需要各种姐妹艺术的滋养。这里有两层含义，一是作为美术家人格品质自身的陶冶；二是中国画内在规律与其他姐妹艺术互为交融、互相启发。看似"玩"儿，恰恰是中国画家当下的一门功课。

　　唯原先生在艺术上取得的成就，是和他的勤奋分不开的。每到一处谈笑悠游间，诗稿、画稿已在他腹中草定。同行之人还在按他的话题畅想时，他已有不少作品收于胸中了。与唯原先生出

游，只要不是他开车，车动不久则酣然入睡，其睡眠质量亦属上乘，晚上他则可夜夜研究书画文章至凌晨三、四点方睡。

　　"才有限而道无情，心却言而口不逮"。面对唯原先生的画作诗稿，不知如何下笔，也不知如何收笔，我想还是以他写竹的诗稿来窥探他的美术人生吧！

　　"已有清阴白玉栏，溪桥来映碧栏杆。今无与可知音少，犹自霜筠斗岁寒。"

炎煞鍾馗士狂
黄堂立功示孫賓
潁妙英程自享
函唯原

宋唯原　钟馗　纸本设色　23cm×34cm　2005年

宋唯原　拟古图册（之一）　纸本水墨　38cm×38cm　2008年

宋唯原　拟古图册（之二）　纸本水墨　38cm×38cm　2008年

宋唯原　拟古图册（之三）　纸本水墨　38cm×38cm　2008年

宋唯原 拟古图册（之四） 纸本水墨 38cm×38cm 2008年

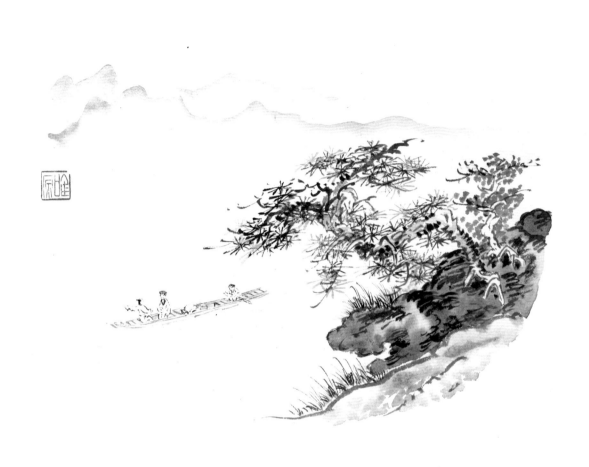

宋唯原　拟古图册（之五）　纸本水墨　38cm×38cm　2008年

宋唯原　拟古图册（之六）　纸本水墨　38cm×38cm　2008年

王 法
Wang Fa

1968年生于江苏南通，毕业于南京师范学院，结业于南京艺术学院中国画研究生班。中国美术家协会会员，江苏省美术家协会理事副会长，江苏省国画院特聘画师，南通市美术家协会秘书副主席，南通市青年美术家协会主席。

坐花里 │ Pin yi xie hua
pinyi culture

文 / 冷冰川

　　王法，一个外表澜清、谦逊的画家。他的谦逊是那么真诚，那么狡黠，让我羡慕。

　　所以，说王法的妙处就是"圆通"，这圆通是他给人的印象和他作品的通达慧觉；他重仪表，举手投足略矜持；有旧式殉情者的清洁和新梅枝的生涩（新派工笔绘画者有此种作派，大概是自恋的一种婉约吧）。

　　谈一个人或一个人的画不难，但任何时候谈今人的工笔花鸟却是困难。工笔花鸟这个传统画种——我没法说这是一个伟大的画种——在很长时间里就没有成熟过。它只有模仿（对自然对传统的琐碎模仿），而且是坏的模仿。人们不是在减少，反而更多地给它添加造作的表情（到处都是片段，没有一首完整的诗）。不知何故，我们也习惯了它的陈词滥调和矫情。正像我们因了古人的某些习俗，而习惯了另一种不自然，并错误地忍受、接受了它的"小脚"的邀请。工笔天天地站在我们面前，对它过去的神往让我不得不敬它一词：它缺少自然、缺少沉思的内容；它反反复复的花草，就像我们小小旅行，从一个屋角到另一个屋角，在那里就着一些花鸟儿写一些拘谨的小诗。它虚弱，陈腐，它不真切的手艺看起来有些丑。它几十年的变化就是不停地庸俗。

王法也画工笔花鸟，笔墨淡雅，有生意，可以很沉着。我留意到他最个人化的作品。我喜欢那里面的民俗、民间的深情及庄重的个人气息。他作品的别趣、力量多缘于此。虽然稍偏向学院派，但有自创自得之趣。没有这些个人特别的东西，我就没有兴趣去读他的东西。工笔画不能尽其所能，是它对周围和自身从未有真正的开放性的豁达；从未有自己深刻内在的个人要求；从未真正的留心生动的事物；它追溯古人的细枝末节和古人的太息（只是古人，不是传统），却忽视了创作最本质的情感和个人性命的境界。一深入到传统，一深入到自然——绝大多数毫无个人的感受可谈，只有就范——除了虚荣我们什么都不抵抗。这个只有行家、矫情的画种，很需要本真的乡野情趣和人的活生的感觉，需要生涩天真的新意和新奇。王法坐在江南的家里，画出了天性的乡野狐狸的爱情气息。

王法的作品有一种江南的细明的喜悦和满足，有一种值得信赖的怀旧诠释；有南通画家明显的纯然、平和、宁静（这种静气应和元画的平淡天真）。他很乐意地反复回到作品本身，用散文的叙述（不能过于笔直）精确、阴柔、明晰的表达；并让我们看到性情中的青春、草鞋、布衫……不论是外在事物还是内在感情，他所证明和讲述的都是他与自然与情感的亲历和发现——一个性灵在找寻一个性灵。工笔画

王法 花鸟 纸本水墨 68cm×45cm 2007年

让人败兴的就是，它不是从每个人、每个时代反而丰茂的天赋上去体验、描述、发掘，所以它始终表达不出一首好诗。没有一首好诗是用他人的方式写的（让我趣味盎然的是，我正是从工笔画的渺小无聊中了解工笔画，亦如人从渺小里了解自己）。专注于每个人、每个时代的深切感受是紧要的；专注就是不停的发问，不停的发问就是在突破——艺术里有用的经验都是自己教给自己的。王法的智慧就是这种警觉和洞察力。这种清醒和他刻苦的修习方法有关，我很早就听闻他沉浸于传统和时尚表达之间，具有"探索"和"问题"的意识。

多年来，我注意到他不断地否定自己，努力想找寻一种个体的书写形式。他没有任何成见，熟稔地在传统知觉和时尚样式的灵感里调整、寻找（但他的心神为传统的博沉所困扰。认清传统是幸运的，认不清传统也是一种认识的幸运）。他想

要扮演的就是寻求新的和人们未发觉或不熟悉的事物来赞美（花鸟画的发展只限于花鸟画本身的努力是不够的）。这需要一个人有超出大众品位的正确选择。幸运的是他具有一种天赋的、未受干扰的自学者的洞察力。对品味的运用上他扮演着纯正传统者的通常的角色，但在自己一系列的作品中，他巧妙地表明不依赖传统的自由者的身份。他为自己保留了一些享受自然愉悦的特权和自由——智慧就在这里，他从一开始就用传统的营养在寻找，从一开始就在确定个人的时空和个人的"手迹"而不是重复传统；他还让这种寻找过程变成了诗（在工笔画里，诗比真实比传统更接近美）。

他的工笔花鸟有简意（工笔画过了就是赘疣）在生熟之间有天纯天真。观其脱落荒率之笔意、立意（他从工笔画特别难耐的拘谨中平衡过来，又没有落入简单的多愁善感），似在他人蹊径之外；内行的爱好者就是不让自己受到干扰。古人画使人见之生敬，是古人胸怀宽厚，意趣自然，表达自然，是古人胸中不蓄他人残羹（乱本失真哪有不失真的）。王法由早期的技术化进入到一种天性流露的疏淡境地，他一面追寻技术的成熟，一面又追求疏离、超越单单技术的境界，不知不觉地他若淡若疏的草叶中现出素朴、苍郁的寂寥——这不是一个贫乏的审美寄托，而是这个人从内心，从发觉真知的个人方面生出的内敛和逃逸；是浮华利落的晶莹真境的流露。

他的小写意，形、神、笔、墨清妙，然过于凑巧"考究"（似乎隐藏了不少别的企图——像他的花鸟一样用心）。好在他精明陈述最大化地投射出他的情感和天性，一种文人画家的特别地即兴流露和闲趣——哪里有天性，哪里就有创作的天堂——他细腻平和的画风也由于耽读古人良品和天真之想而变得更清朗，有一种乡野农人流畅自如的素美。看他信手拈来，让人享受到一种莫可言

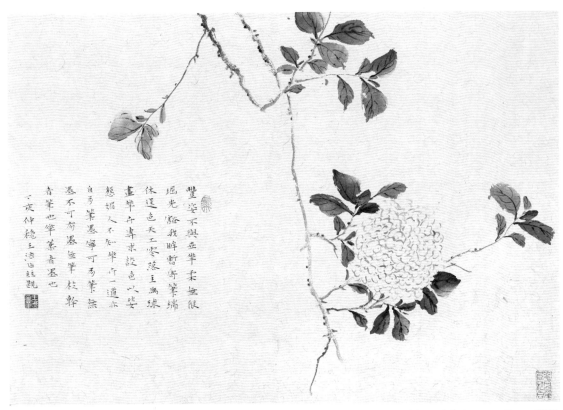

王法 花鸟 纸本水墨 68cm×45cm 2007年

状的快意；他弄笔弄墨弄韵——要幻想，不要思考——玩出了他浪漫的感官享乐，且不着一丝纵横习气，也看不出多余技巧的烦恼。

他还未到技艺纯熟的境地——谢天谢地——他还有朴素和诚实的行走，他还有天真之想。他以深入探求的精神，适度的尺幅和宁静，记录了他对工笔画鸟的现世看法。他的真诚和从容平静，使他的花鸟对象升华到一种天然本真的表达，没有高深莫测，没有作派（我喜欢这种单纯，一次只说一件事），但隽永幽长，妙在真纯，妙在平常，妙在有自己的精神光亮……王法是个善学者，他的智慧中有江南文人特有的一种精细的思维——对万事的一种怀疑的智慧，一种自学者特有的事事亲历的深度感受和对知识的活用（这种胆

识的格调只有一种，只是它太普通，我们没见过一眼）。他师法知法但不守法，这种对通常确信的一切的打破、冒犯和活用解放了心灵，也为他真正的才识开辟了多种道路。多么幸运，他自然地承担了别人故意忽视的许多责任——如果你没有自己的主张，卑鄙的东西就会加害于你。

随着技法的成熟，王法对自己更有把握。从近作看来，他把形体做了最大减省，净化了它们表象的浮夸与干扰。他在传统的肌肉组织里织出了淋漓别致的激情和他年青的野火（这青春野火使他不同于老态工笔的底端版本，自有一种不凡的气度弥漫在他的乡野情怀内），并对传统进行了私用（他十分醉心于此，醉心在传统中自由地发挥自己的才智）——什么东西活用了就是创造。

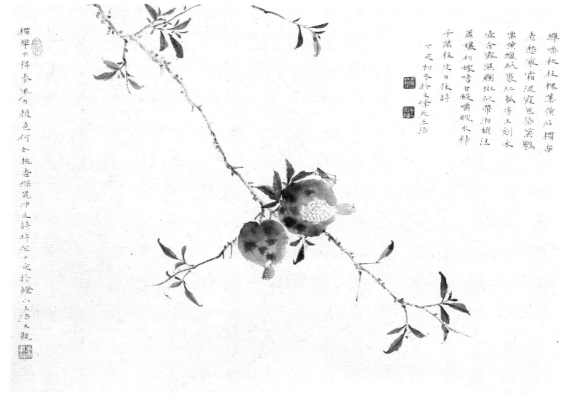

王法　花鸟　纸本水墨　68cm×45cm　2007年

真令人高兴，他没有过分的依赖传统，他以"偶尔"可以自由放肆的运用传统的事实，提醒并证实了自由运用传统的可贵。人什么时候达到深刻的内心，什么时候就达到朴素的真相，见着这个真相，自然化机在手，变化狼藉，哪里用的着一笔一划求人（这也是我创作的极端信念）。事实上，严肃的艺术家们已经放弃了自身臆造的英雄身段和非常的理想而更加走入内省、本心——我们永远不要妄想能了解、深究出大自然的全部精华，我们能做的就是忘了自己，虔诚地用心去体验，这就够了。

王法已经蕴涵了足够的东西，完全可以自行

其足了——人的艺术品味随着年龄的增长而变得纯洁起来。但我们还想听到他更深沉有力的低音（让我们多想多做一些距离工笔花鸟较远的事），还想看到他更直接、更个人、更朴素的反向的姿态（有效的叛变实则是对过去传统的最好的继承、支持——我没法不说了，工笔是一个幸运的画种，因为它还有许多故事没说）。他已给我们展示了他渐渐成熟的表情——我们已经看到一颗跳跃不停的种子，我们已经想象这颗种子变成了一棵树。还有，还有……

畫卉卉專求設色以姿態媚人不知卉

卉一道亦自有筆墨寧可有筆墨不可

有墨無筆枝幹有筆也卉葉者墨也婀

娜中心具有生新崢拔之氣斯為不凡

筆後脫無時在戊子春日

於蕙芷卉館王法 之

王法　花鸟　纸本水墨　68cm×45cm　2007年

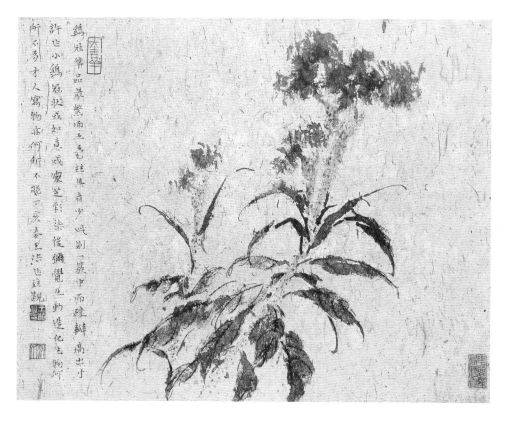

王法　花鸟　纸本水墨　68cm×45cm　2007年
王法　花鸟　纸本水墨　68cm×45cm　2007年

王法　花鸟　纸本水墨　68cm×45cm　2007年
王法　花鸟　纸本水墨　68cm×45cm　2007年

李阳
Li Yang

1973年生于山东临沂，1999年毕业于曲阜师大国画专业。2005年结业于中国美术学院第一届山水高研班，现为徐州师范大学美术学院硕士研究生。

润物无声

Pin yi xie hua
pinyi culture
文 / 高天民

"好雨知时节，当春乃发生，随风潜入夜，润物细无声。"唐朝著名诗人杜甫这一脍炙人口的诗句，对于我们观察青年画家李阳的作品是有帮助的。这首诗生动而细腻地描述了当春天来临的时候，万物开始在春雨的浸润下悄然复苏的状态。那"潜"与"细"，把春雨润物的动态和万物沐浴春雨后复苏的生命症候描写得含蓄而富有诗意，给我们以充分的想象。我们正是在这想象中还原给世界一个个美丽而充满生机的画面，并使我们为之感动和感激。当我们以如此感动和感激之情观察李阳近作的时候，就会发现无论他的趣味、他的感受他的表现，都恰似春雨润物般的遣人心思，沁人心脾。

李阳是山东人，1999年毕业于山东曲阜师范大学美术系中国画专业，2005年又结业于中国美术学院中国画系第一届山水画高研班，目前为徐州师范大学美术学研究生。李阳的这个经历看似简单，但却富有意味：作为齐鲁后代他在本性上传承了古文化之邦的文明基因；而作为现代人他对传统中国画的真正领悟却是在灵秀的江南开始的。也许是历史的因缘所赋予他的，这种南北文化的交汇不仅开阔了李阳的视野，也为其对中国画的领悟注入了新机。

当我们今天谈起中国画的时候往往存在着时空的错位：在人们都在使用"中国画"这个概念的时候，却可能并不是谈的一回事——究竟是传统的那个"中国画"还是如今被作为一种文化资源和符号的"中国的画"（水墨画）？概念上的分歧反映的是观念上不同的认知，即"中国画"是否具有现代的可能性？尽管这已不是一个新的问题，但在这个问题上的认识却直接影响到当代艺术家（尤其是青年画家）对"中国画"的态度和抉择。李阳的抉择来自于他对中国传统文化的深刻认识，以及他对当代艺术的清醒判断。他认为，传统和当代并不只是表现形式的区别，在于有没有真正把握住时代精神。传统的并不一定是不合时宜的，在传统中也能赋予当下的内容；而当代的也并不一定都是创新的，在形式的新奇之下可能意味着审美内涵的匮乏。所以他说："当代水墨以一种实验精神丰富了中国画的表现形式，在不断探索中国画发展的多种可能性中起到了不可低估的作用；而传统水墨讲究天人合一的生命精神则是中国文化自古至今的主题，这一生命精神在当下的社会现实中或许更需要迫切地回归和提倡。"正是基于这样的认识，李阳对传统中国画表现出了特有的热爱。按照他的说法："对国画的理解愈深，热爱愈烈。"他特别对传统的花鸟画情有独钟，因为在他看来，花鸟画并非传统文人雅士闲情逸致的自我呻吟，也不是一草一木、一花一鸟的应景之作，而是展现出大自然蓬勃向上、率真自然的勃勃生机，其中折射出的也正是人对自然的领悟和对人生与艺术的理想。

李阳 花鸟 纸本水墨 68cm×45cm 2008年

初观李阳的作品总会使人产生一种错觉和惊讶，那持成老练的笔墨、细腻精到的手法、简洁圆润的造型和疏阔淡远的画面几乎不可能与一位三十出头的青年画家联系在一起，但这些也正是李阳作品的基本特点。这既是一种审美趣味也是一种文化格调。他的《幽谷图》、《悠然图》、《彩蝶清竹图》、《细听秋声图》、《池底乾坤图》、《鸣蝉图》等大量作品都传递出一种宋画的古意，其古朴、清远、幽淡的意境给人以无限的遐想。他的另一些像《悠然图》、《春色夹道图》、《鹅咏秋波图》等作品，则具有典型的文人画境界，其设墨简淡，意味幽深。

作为一位花鸟画家，李阳在题材上涉猎广泛，我们从他的作品中可以看出，大凡传统花鸟画中的题材，诸如蝴蝶、鱼、八哥、鸡、鹅、知了、蚱蜢、蝈蝈及荷、竹、松、杂树等，在他的作品中大都可以见到。但从这里我们也可以获知，李阳对动物更情有独钟。这些动物正是他作品中的"画眼"和情趣所在，通过这些动物，李阳不仅赋予其作品以情趣和生动，也使我们感受到其中所传递出的人文涵义。显然，"动物"的涵义不在其本身，而在于它与自然的关系。李阳作品中的动物都给人以恬淡自得的印象，这种感受就来自它们所生存的环境。在这个环境中，动物与自然和谐相处，相得益彰，构成一幅美丽的画卷。这也正是中国传统文化对世界的看法，这种看法在科技发达的今天更具有意义。有意思的是，李阳的这种情感和认识几乎是本能的，这与他自幼生活的环境密切相关，所以他的作品总能把握住生活中的细节，并通过细节而使画面产生引人入胜的情趣。无论是《秋趣图》、《秋声秋色》、《细听秋声》、《夏日鸣蝉》，还是《夏意萌动》、《谐趣图》、《怡然图》等，其中的生活情景都能勾起人们对田园生活的美好回忆，这种生活是超越文化和种族的，它所唤起的不仅是一种回忆，还是一种理想。

李阳作品引起我们关注的还在于他对花鸟与山水的结合上。这个课题也是近现代画家一直在探讨的问题，潘天寿和郭味蕖等就是其中的佼佼者。在中国近现代美术史上，对这一课题的探讨着重解决的是山水和花鸟画如何走出传统文人画，并以新的视觉样式展现时代精神的问题，在这一点上，李阳的作品恰恰是一种"倒退"——它又重新回到了传统文人画的闲适恬淡的意境之中。但当我们回到当代文化语境之中的时候，这种矛盾已经不是问题：这里已不存在面对现实的迫切需求，也无需对意识形态做出回应，李阳所要面对的只有文化问题，即面对日益国际化的历史情境做出文化上的回答——他当然还有许多问题需要解决。不管怎样，李阳正在默默地做着这样的准备，他的作品是一种姿态，他也无需声张——他就像他作品一样正如春雨润物般地自然生长着。他的路还长。

李阳　花鸟　纸本水墨　68cm×45cm　2008年

李阳　花鸟　纸本水墨　68cm×45cm　2008年

作律端娥戌初李阳製

李阳　花鸟　纸本水墨　68cm×45cm　2008年

李阳　花鸟　纸本水墨　扇面　　2008年

展览 / 市场 / 新闻 / 文摘

郭味渠美术馆隆重开馆

由中国文联、中国美协、中央美术学院、中国艺术研究院等主办的《纪念郭味蕖诞辰一百周年》系列纪念活动之一："郭味蕖美术馆开馆仪式"于7月15日在山东潍坊郭味蕖美术馆隆重开幕。徐悲鸿夫人廖静文，著名画家杨力舟、田黎明、范扬、陈平、李文亮等出席了开幕式。

"明清绘画精选"展在中国美术馆开幕

由中国美术馆与故宫博物院联合策划、主办的"明清绘画精选——故宫博物院/中国美术馆藏品联展"于7月16日上午10时在中国美术馆开幕。开幕式由中国美术馆副馆长杨炳延主持，文化部副部长、故宫博物院院长郑欣淼；文化部文化司副司长刘中军、文学美术处处长安远远；国美术馆馆长范迪安；原故宫博物院副院长杨新等嘉宾出席开幕式。本次展览共计展出106件明清绘画精品，其中故宫博物院藏品60件、中国美术馆藏品46件。

国内首家艺术市场研究机构诞生

7月19日，雅昌艺术市场监测中心成立新闻发布会在中央美术学院美术馆举行，中国拍卖协会副秘书长王凤海、北京大学产业与文化研究所理事长彭中天、招商银行私人银行副总经理蔡灿煌、北京永乐国际拍卖有限公司总经理董军、西泠印社拍卖公司胡西林、艺术北京博览会执行总监蔡梦阳、胡润百富总裁吕辛、收藏家唐矩等嘉宾出席了新闻发布会。

作为国内首家艺术监测机构，雅昌艺术市场监测中心长期致力于对市场的情况进行观察、评估，通过海量数据及专业信息对艺术品市场做客观分析的研究形式，为过去一直是理论观点化分析的局面画上句号。随着08春拍的落幕，《中国艺术品拍卖市场调查报告(2008年春季)》也同时作为中心成立以来首个发布的调查报告同时发布。

崔如琢作品捐赠仪式在人民大会堂举行

中国社会工作协会榜样公益基金成立暨著名画家崔如琢捐赠仪式7月19日在北京人民大会堂举行。全国人大常委会原副委员长何鲁丽、彭佩云，中国社会工作协会会长徐瑞新、中国文联副主席覃志刚、中央电视台原台长杨伟光、民政部民间组织管理局副局长杨岳等相关部门的领导以及社会各界人士共300余人参加活动。

中国科技馆举办"奇迹天工——中国古代发明创造文物展"

为了体现北京奥运会"绿色奥运、科技奥运、人文奥运"的理念，由国家文物局、中国科学技术协会主办的"奇迹天工——中国古代发明创造文物展"将于7月28日在国家奥林匹克公园内的中国科技馆新馆拉开帷幕。展览以300多件(组)珍贵文物真实再现中国古代在丝绸织造、瓷器制作、造纸印刷和青铜铸造方面的科学技术成就。

保利艺术博物馆举办"从三星堆至金沙——来自古蜀王国的珍藏"展览

由北京市文物局、四川省文物局主办，三星堆博物馆、成都博物院和保利艺术博物馆等联合承办的"从三星堆至金沙——来自古蜀王国的珍藏"于7月29日至8月31日展出。此展将通过蜚声海内外的三星堆和金沙遗址140余件文物珍品，系统展现三千年前古蜀王国的辉煌。这是奥运期间在京举办的最高水平的中国古代文物展览之一。

北京画院美术馆举办齐白石精品展

北京画院美术馆举办"齐白石·中国画——北京画院院藏精品展"。此次展览共展出北京画院典藏齐白石大师的精品近200件，分为本真无变、世纪丹青、心画大象三部分，包括齐白石的人物、山水、花鸟代表性作品100余件，画稿20件，从齐白石三百石印中遴选16枚，行楷书写诗稿4卷。此外，还有齐白石同时期其他大家吴昌硕、陈师曾、陈半丁、叶恭绰、李可染、潘天寿、于非闇、李苦禅、黄胄、蒋兆和等28人的60件精品。展览于9月22日结束。

首都博物馆举办"中国记忆——5000年文明瑰宝展"

随着奥运的临近，首都博物馆经过两年精心准备的五大历史文化展览也于7月下旬陆续开展。其中调集全国26省市55座博物馆馆藏精品的"中国记忆——5000年文明瑰宝展"最引人瞩目。展品包括很多国人耳熟能详但又鲜有机会一睹真容的珍贵文物：商代后期的太阳神鸟金饰、公元前9世纪的周恭王时期的史墙铜盘等。展期将持续到10月上旬。

吴悦石画展开幕

"吴悦石画展暨经典之地文化艺术机构开业酒会"于2008年7月27日在北京观音堂文化大道60号举行开幕式。吴悦石早年曾得画坛耆宿亲授，画艺精湛，国学修养深厚，并精于书画鉴赏。本次展览共展出吴悦石先生的近百幅作品。

吴冠中将估价高达3亿元画作捐给新加坡

中国当代著名画家吴冠中将自己的113幅画作，正式捐献给新加坡。这些作品包括63幅水墨画、48幅油画、两幅书法，创作年份从1957年到21世纪初，全面表现了吴冠中的艺术成就以及各个时期的风格。这是新加坡有史以来最重要的一次艺术捐献。

何海霞百年纪念展开幕

9月8日，国画大师何海霞先生诞辰百年主题画展"看山还看祖国山"在北京中国美术馆隆重开幕，自20世纪30年代到90年代创作的200余山水精品展示了何海霞的壮阔人生。全国人大常委聂力，国家博物馆馆长吕章申，原财政部部长项怀诚，文化部艺术司副司长刘中军，国家画院院长龙瑞，以及杨力舟、杨晓阳、周韶华等领导出席了开幕式。

海宁张宗祥书画院近日双喜临门

当代印坛的两大盛事——"全国篆刻邀请展"和张宗祥与当代印坛学术研讨会近日同时在海宁张宗祥书画院举行。由中国印学博物馆、浙江省青年书协、海宁市对外文化交流协会、海宁市文联主办，海宁张宗祥书画院等单位承办的此次邀请展，从全国各地以及新家坡200多位篆刻家的近万方作品中选出，展览将一直持续到9月24日。

"中国写实画派2008年展"在中国美术馆开幕

由中国艺术研究院主办，雅昌艺术网承办的"中国写实画派2008年展"于9月8日至9月15日在中国美术馆举行。参展艺术家包括：艾轩、杨飞云、王沂东、陈衍宁、徐芒耀、何多苓等。此展展出了画家们在2008年的最新力作。中国写实画派重要成员陈逸飞先生生前的部分作品也将展出。

末帝宝鉴——明清散佚书画展将在美国首次展出

由中国末代皇帝溥仪散佚的皇家收藏明清书画精品展于2008年9月25日至12月14日在华美协进社中国美术馆展出。精心挑选的展品，代表了中国书画的最高成就。同时，2008年9月27日至12月14日，一个名为"流落异乡为异客：皇家收藏的中国艺术品"的辅助展览，将在普林斯顿大学艺术馆同期展出。

2008年华人收藏家大会在上海举办

由上海文化发展基金会主办的首届华人收藏大会"上海2008华人收藏家大会"于10月8日在上海举行。此次盛会以"收藏：感知文明怡养情致"为主题，不仅搭建起收藏家跨地域交流平台，也将引导收藏行为，讨论业界共同感兴趣的话题。

我批吴冠中与龙瑞无关

我之所以批评吴冠中是因为他本人该批。如果他没有肆意践踏传统，制造谬论，我根本就不会去理睬他。吴冠中的"笔墨等于零"是对中国传统的彻底否定，与之所说的学术问题根本不搭边儿，其深层目的就是彻底颠覆中国民族文化。包括其后来所谓的"徐悲鸿是'美盲'"，"一百个齐白石比不上一个鲁迅"，"中国文化部门是衙门、妓女"等等都是在恼羞成怒的时候对中国文化和体制的一种失态攻击。让我最看不起吴冠中的就是他本人对中国书法的一窍不通。他所说的"中国书法农民看不懂"，以及自己要改造书法的问题，除了让人贻笑大方，就是让人厌恶至极。

不要把吴冠中的捐画看成是一种神圣的举止，事实上，吴冠中在大英博物馆的画展也是用"捐画"换来的。这次给上海美术馆的捐画其实还是如出一辙，兵马未动，粮草先行。你不妨看看，近期吴冠中在上海博物馆肯定是大动作，不是展览还是展览。捐画不是目的，重要的是醉翁之意。还能有什么？不就是设法弄个"人民艺术家"吗？

（来源：中国收藏报 作者：王旭）

面向未来的亚洲意识 ——文化自觉与21世纪亚洲艺术发展

亚洲是人类文明的主要发源地之一。亚洲的文化精神以及显示在艺术形态方面的整体性因素，在习惯于分别对待灵魂与肉体、精神与物质、理想与现实、人文与自然、现世与来世、真理与经验等关系的欧洲人看来，具有"非理性主义"或"神秘主义"的性质和色彩。出于欧洲文化立场的这种解读，由于不可能从生活其中的生存经验中获得深切的认同感，以致必然地成为一种"西方中心主义"性质的话语。这种误读或臆想性质的话语，在殖民主义的现实政治意图和攻城略地的霸业中被有意地加以利用和强化，并化作所谓的"东方学"而成为一种谋略隐伏的文化工具或机制。即如萨义德在《东方学》一书中所揭露的："作为一种文化工具，东方学中到处充满着强力、活动、评判、真理愿望和知识。东方是为西方而存在的，或至少无以计数的东方学家是这么认为的，这些东方学家对其研究对象的态度要么是家长式的强加于其上，要么是肆无忌惮的凌驾于其上……"实际上，在"西方中心主义"的文明语境或话语霸权中，亚洲艺术以及非西方文化形态的所有其他艺术传统，都不免要被"东方学"加以"东方化"甚至"妖魔化"，以至于非西方文化的所有这些文化表现形态，都不再是他自己，而只是西方的附属物，是用于比照"文明的西方"和"野蛮的东方"的永远的"他者"。

对亚洲来说，21世纪充满机遇。这其中最大的机遇在于，今天已有凝重的历史经验、深切的现实体验和广阔的国际视野来支持亚洲人提出面对未来的独立自主的发展诉求。这种发展诉求将会促进亚洲意识的形成，从思想认识上真正消除"西方中心主义"和"东方学"的话语迷惑。在今天亚洲的国家关系中，尽管一时难以从地缘政治或地缘文化意义上提炼出一个关于亚洲意识的纯粹概念，但是，近年来亚洲国家日益增强的诉求于大陆本土的文化归属感已经引起广泛的关注。在全球化情境中，"亚洲崛起"与"回归亚洲"正在构筑着一个体现丰富地缘关系和历史底蕴的坐标系，它预示着21世纪亚洲文化发展的一种总体趋势或基本状态。与这种总体趋势或基本状态相适应的建构亚洲意识的过程，将伴随亚洲各国以切实体现民族文化价值的艺术形态，与西方发达国家艺术家进行政治对话、思想对话和话语交换的过程;也将伴随亚洲各国艺术家之间以关注共同文化问题的艺术创作、密切合作、广泛交流、认真探讨，以寻求文化方面的共同利益和核心价值、维护共同文化传统和价值观的过程。在信息传播高度发达的今天，通过艺术方式来交换有关亚洲意识的认识，以及在艺术领域所取得的关于亚洲意识的认识成果，将会产生政治、经济和社会交往所难以达到的效果，也有助于亚洲国家间的政治、经济合作获得日益增进的文化共同性基础。在实践层面运作的亚洲意识，根本地取决于亚洲国家和人民的文化自觉——对共同文化传统和价值观的自我认识，以及基于这种认识的尊重、遵循和发扬。

（来源：《中国文化报·美术周刊》 作者：吕品田 ）

元象 藝術空間
Yuan xiang Art spaces

瓷器　新老家具　饰品
现代水墨画　油画　现代陶艺
ADD：北京市朝阳区高碑店古典家具一条街（东）232号
TEL：（010）85780383　13718284254
HTTP：www.yxart.mobi
E—mail：geben@126.com

当代中国画名家作品适时行情

画家	画种	画价（元/平方尺）
B		
边平山	写意	8000
毕建勋	人物/创作	10000 / 20000
白云浩	人物	3000
C		
陈 鹏	花鸟	5000
陈永锵	花鸟	8000
陈 子	人物	10000
陈 平	山水	50000
陈向迅	山水	10000
陈国勇	山水	10000
陈钰铭	写意	10000
陈传席	山水	12000
陈玉圃	山水	12000
崔子范	花鸟	40000
崔晓东	山水	10000
崔振宽	山水	10000
崔如琢	写意	30000
崔 海	水墨	6000
程大利	山水	15000
D		
杜滋龄	人物	20000
丁立人	人物	12000
丁中一	山水 / 人物	5000
戴 卫	山水	10000
董良达	山水 / 牡丹	12000 /10000
F		
冯今松	花鸟	8000
冯 远	人物	30000
冯大中	写意 / 工笔	20000 / 100000
范存刚	花鸟	3000
范 曾	人物	60000
范 扬	山水	10000
方楚雄	花鸟	20000
方增先	人物	30000
方 骏	山水	10000
方 向	山水	12000
房新泉	花鸟	6000
傅廷煦	山水	3000
G		
郭怡孮	花鸟	20000
郭石夫	花鸟	20000
郭全忠	人物	6000
高英柱	花鸟	3000
H		
霍春阳	花鸟	20000
何水法	花鸟	30000
何加林	山水	30000
何家英	写意	90000
胡 石	花鸟	8000
韩 羽	人物	12000
怀 一	人物	4000

画家	画种	画价（元/平方尺）
黄永玉	写意	50000
海日汗	人物	8000
J		
江文湛	花鸟	8000
江宏伟	工笔	30000
贾浩义	人物	15000
贾又福	山水	100000
季酉辰	写意	8000
纪京宁	人物	6000
姜宝林	花卉	12000
蒋世国	山水 / 人物	4000
靳卫红	人物写意	4000
金心明	人物	4000
K		
孔戈野	山水	5000
孔维克	人物	6000
L		
李文亮	大写 / 小写	5000 / 8000
李宝峰	人物	6000
李世南	人物	16000
李 津	人物	12000
李 桐	人物	8000
李水歌	花鸟	4000
李少文	人物	30000
李东伟	山水	10000
李乃宙	人物	8000
李健强	山水	4000
李孝萱	古人 / 现代	15000 / 35000
李世岺	花鸟	5000
李一峰	花鸟 / 山水	5000 / 8800
林 墉	人物	25000
林容生	山水	10000
林海钟	山水	12000
林 伟	山水	4000
刘文西	人物	40000
刘大为	人物	20000
刘二刚	人物	10000
刘进安	人物	12000
刘庆和	人物	30000
刘国辉	人物	20000
刘明波	山水	4000
刘勃舒	写意	15000
刘 墨	山水/ 花鸟	6000
刘贞麟	花鸟	2000
雷子人	新古意人物	10000
梁占岩	人物	15000
龙 瑞	山水	25000
卢禹舜	山水	30000
老 圃	蔬菜	4000

画家	画种	画价（元/平方尺）
M		
马国强	人物	7000
马骏	人物	3000
马刚	山水	5000
梅墨生	花鸟 / 山水	10000 / 15000
满维起	山水	10000
明瓒	山水/花鸟/人物	4000/6000/8000
N		
衲子	花鸟	7000
聂干因	人物	5000
聂鸥	人物	20000
南海岩	人物	25000
P		
彭先诚	人物	20000
Q		
丘挺	山水	17000
S		
石虎	人物	50000
石齐	人物	30000
施大畏	人物	20000
史国良	人物	35000
申少君	人物	20000
申晓国	山水	3000
舒建新	山水	8000
T		
汤文选	花鸟	30000
唐勇力	人物	18000
童中焘	山水	20000
田黎明	高士 / 现代	25000 / 40000
W		
王和平	花鸟	8000
王赞	人物	10000
王有政	人物	6000
王西京	人物	10000
王子武	人物	40000
王辅民	人物	6000
王孟奇	人物	7000
王明明	人物	30000
王迎春	人物	20000
王镛	山水	20000
王玉	山水	3000
王晓辉	写意 / 肖像	10000 / 30000
王盛华	花鸟	5000
王醇	人物	5000
王犁	人物	4000
吴冠南	花鸟	8000
吴山明	人物	30000
吴悦石	山水/人物	30000
吴冠中	彩墨	150000
吴守明	山水	15000
尉晓榕	人物	40000

画家	画种	画价（元/平方尺）
魏广君	山水	5000
汪为新	山水, 花鸟 / 人物	5000 / 6000
X		
徐乐乐	人物	40000
徐光聚	山水	4500
许宏泉	山水	5000
许俊	山水	12000
邢庆仁	人物	5000
谢冰毅	山水	7000
Y		
杨珺	人物	4000
杨春华	人物	10000
杨力舟	人物	20000
杨振熙	山水	4000
杨子江	山水	5000
杨中良	山水/花鸟	5000/3000
于文江	人物	15000
于水	人物	8000
喻继高	工笔	40000
喻慧	花鸟	10000
一峰	山水/花鸟	5000
Z		
张立辰	花鸟	30000
张桂铭	花鸟	20000
张伟民	花鸟	8000
张江舟	人物	15000
张望	人物	5000
张子康	山水	5000
张志民	山水	10000
张立柱	人物	10000
张捷	山水	25000
张仃	山水	50000
张修竹	山水	4000
张公者	花鸟	2000
章耀	山水	3000
周亚鸣	花鸟 / 山水	8000
周京新	人物	15000
赵梅生	花鸟	10000
赵跃鹏	花鸟	8000
赵卫	山水	7000
赵亭人	山水/ 花鸟	3000
朱振庚	彩墨	30000
朱新建	人物	4000
朱雅梅	山水	5000
郑力	山水	40000
卓鹤君	山水	30000
曾宓	山水	70000

注：当代中国画名家适时行情信息来源于画廊、拍卖及其他相关媒体，已经过权威机构确认。